ラストエンブリオ
Last Embryo
4
王の帰還

「予定より手間取ってしまいましたわ、
レティシア伯母様」

「……そうだな、ラミア」

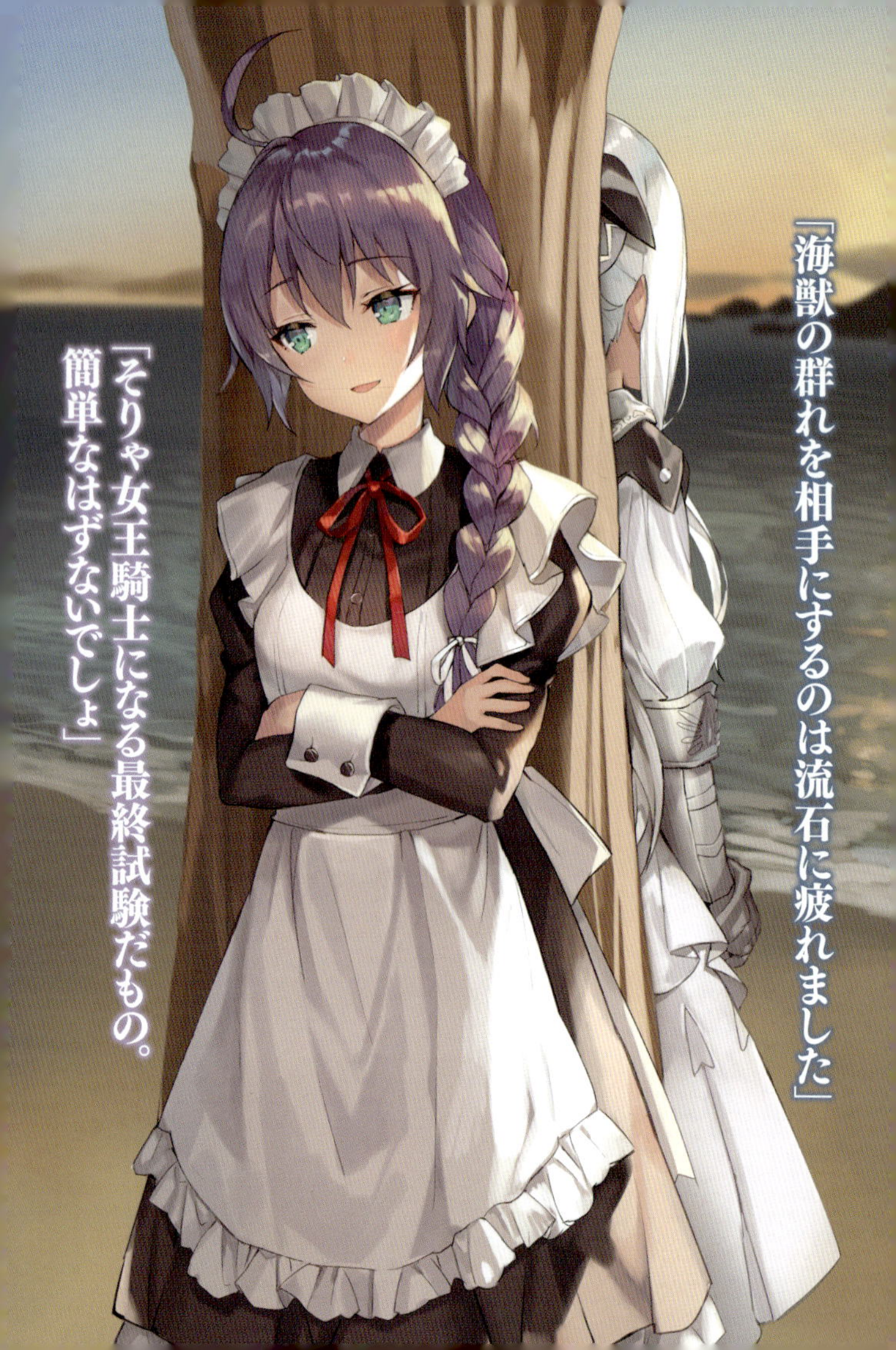
「海獣の群れを相手にするのは流石に疲れました」
「そりゃ女王騎士になる最終試験だもの。簡単なはずないでしょ」

ラストエンブリオ 4

王の帰還

竜ノ湖太郎

角川スニーカー文庫

20225

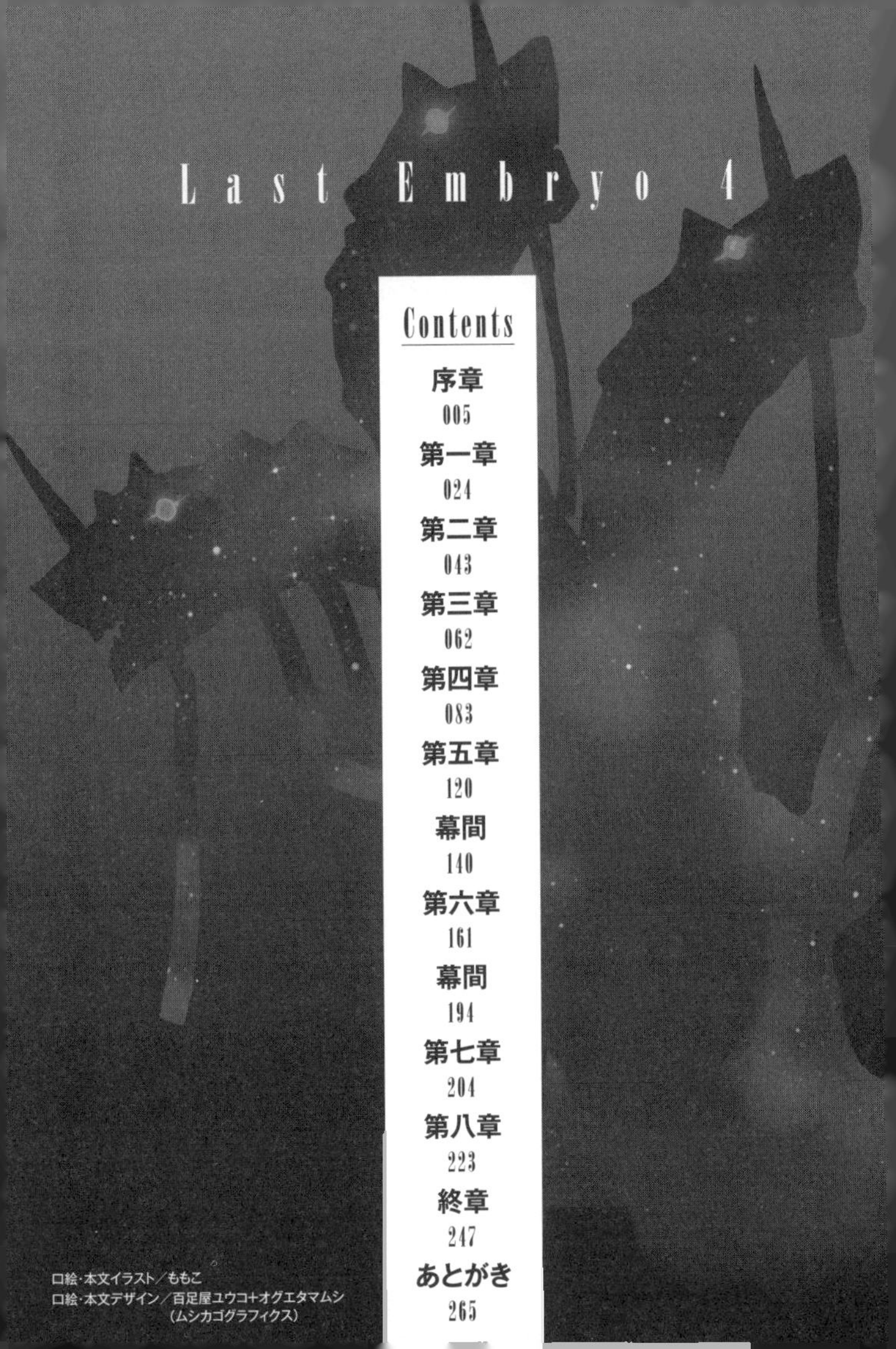

Last Embryo 4

Contents

口絵・本文イラスト／ももこ
口絵・本文デザイン／百足屋ユウコ＋オグエタマムシ
（ムシカゴグラフィクス）

序章

Last Embryo

かつて、捨ててきた世界の夢を見た。
私が抱《いだ》いていた、箱庭の外の世界。
壁《かべ》を越《こ》え、海を越え、国境を越え。
顔も知らぬ両親と姉妹《しまい》と一緒《いっしょ》に、何に縛《しば》られることも無く笑顔《えがお》で走り回る私。
そんな、叶《かな》う事のなかった夢。
得ることの許されなかった家族。
いつか殺しあう姉妹を想《おも》いながら、私――久遠彩鳥《くどうあやと》は。
今日も地獄《じごく》で、蛇蝎《だかつ》の剣《けん》を振《ふ》るっている。

＊

（――……夜明けか）


血塗《ちまみ》れの海岸で疲《つか》れ果てていた私は、大木の幹に背を預けたままゆっくりと瞳《ひとみ》を開く。

如何《どう》やら少しばかり意識を失っていたらしい。

迂闊《うかつ》だな、と自嘲《じちょう》の笑みを浮《う》かべる。

今回の試験は今までに輪をかけて厳しかったから致《いた》し方ないものの、スカハサ師に見られればどんな罰《ばつ》を受けるか分かったものではない。

倦怠感《けんたいかん》に包まれていた私は、顔を上げることもなく言葉を紡《つむ》いだ。

「……………らしくありませんね、スカハサ先生。私如《ごと》きに気配を悟《さと》られるとは」

「あら、起きてたの？」

背中の大木の裏側から女性の声が上がる。

何時《いつ》から其処《そこ》に立っていたのかは知らないが、この距離《きょり》まで自分に気配を気取られることなく接近するとは流石《さすが》は我が師である。

愛剣を袂《たもと》に手繰《たぐ》り寄せた私は、背後にいる師へ振り返ることなく話を続ける。

「起きたのは今しがたです。海獣《かいじゅう》の群れを相手にするのは流石に疲れました」

「そりゃ女王騎士《きし》になる最終試験だもの。簡単なはずないでしょ。でもだからと云《い》って、敵地で寝《ね》るのはよくないんじゃない？　不意を打たれたらどうするつもり――」

ヒュッ、と風を切る音。そして弧《こ》を描《えが》く連接剣の刃《やいば》。

必断の鋭《するど》さを秘《ひ》めて振るわれた刃がスカハサ師の首元に迫《せま》り、首の皮一枚のところで大木の幹に突《つ》き刺《さ》さる。

「ご心配なさらずに。悪漢に襲《おそ》われたところで此《こ》れこの通り、鮮《あざ》やかに撃退《げきたい》して見せましょう。――お望みとあらば、今この瞬間《しゅんかん》にでも証明して見せますが？」

激しい戦いが終わり高揚《こうよう》していたからだろう。私は師に普段《ふだん》より激しい闘志《とうし》をぶつける。

相手が師とはいえ、接近を許してしまったことを少し恥《は》じていた。

海獣は皆殺《みなごろ》しにしたが、此処《ここ》は敵地だ。寝込みを襲われる可能性も十二分にあったのだ。己《おのれ》を戒《いまし》める為《ため》に一戦交える覚悟《かくご》でいたのだが、師は言及しないまま淡々《たんたん》と話を続ける。

「ふふ。謙虚《けんきょ》かつ強気なのは貴女《あなた》の美点ね。そんなに怯《おび》えなくても、帰りが遅《おそ》いから気になって様子を見に来ただけよ」

口元に手を当てて楽しそうに言うスカハサ師。

その言葉に驚《おどろ》き、少し戸惑《とまど》う。

彼女からこんな柔《やわ》らかい言葉が出てくるとは思いもよらなかったからだ。

問答無用で叱《しか》り飛ばされると警戒《けいかい》していた私は、少し気まずくなって剣を納める。

「失礼しました。スカハサ師は人の身で神域の武技に到達《とうたつ》した御方《おかた》。その技《わざ》の切れ故《ゆえ》に、武神とも女神《めがみ》とも鬼神《きしん》とも悪魔《あくま》とも魔神とも喩《たと》え畏《おそ》れられている我が師にそんな人道的な配慮《はいりょ》が、もといそんな人間らしい気遣《きづか》いが出来るとは露知《つゆし》らず、とんだご無礼を」

「私の機嫌《きげん》がいいからって地雷原《じらいげん》散策はやめなさい」

次はぶち殺すわよ、とやんわりとした殺気で付け足すお師匠《ししょう》様。手よりも先に言葉が出るとは、如何やら本当に機嫌が良いらしい。

血塗れの海岸に視線を向けた私は、少し可笑《おか》しくなって口元を押さえた。

「どうやら本当に無礼だったようです。お許しください」

「絶対に許さないけど、貴女のそういう太々《ふてぶて》しさと気骨のあるところは好きよ。――それで、どうだった？　ケルト神群の大敵・海獣ロックランは」

「噂《うわさ》に違《たが》わぬ強敵でした。師から授《さず》かった技の数々が無ければ生還《せいかん》は不可能だったでしょう。ですが巣を破壊《はかい》した今、繁殖《はんしょく》して増えることは無いと思われます」

愛剣を杖《つえ》にして立ち上がる。疲労《ひろう》は主に足腰《あしこし》に響《ひび》いている。

海獣は今まで相手をしたことがない程《ほど》の巨大《きょだい》かつ強固な巨獣《きょじゅう》だった。破壊力のある恩《おん》恵《けい》を身に宿していない私が巨大な敵と戦う時はとにかく足で攪乱《かくらん》するしか術《すべ》がない。

甲殻《こうかく》の隙間《すきま》から絶えず連撃を重ねることで一体ずつ処理していったものの、足と手を止めることなく丸三日も戦っていたのだ。

思い返しても、奇跡《きせき》の様な勝利だったとしか言いようがない。師であるスカハサが私に教えた全《すべ》てを駆使《くし》しなければ、勝利は疎《おろ》か生還することもできなかっただろう。

しかしスカハサ師は「そんなことは無い」と、やんわり首を振って否定する。

「謙虚なのはいいけれど、自身を過小評価し過ぎるのはよくないわね。海獣との戦いで私の技術が役立つ瞬間はそう多くなかったはずよ」

「いえ、そんなことは」

「だって倒《たお》す為に必要な秘技を貴女に授けてないもの。いやほんとよく勝てたわね」

――……。

「は？」

「ん？」

「先生。今なんと」

「だから、倒す為に必要な技と武器を授けてない、って言ったのよ。海獣に完敗して心身ともにボロボロになった貴女に改めて秘技を教える手筈《てはず》だったのだけど……まさか基本的な武技だけで押し切ってしまうなんて。流石の私も予想外だったわ！」

大したものね、と満足そうに頷《うなず》くスカハサ師。

師のド畜生《ちくしょう》具合に思わず愛剣の柄《つか》を殺意込みで握《にぎ》りしめてしまったが――満身創痍《まんしんそうい》の私では勝ち目がないと有りっ丈《たけ》の自制心を発露《はつろ》して堪《こら》える。

悠々《ゆうゆう》と歩きだしたスカハサ師は海獣の死骸《しがい》に近寄ると、喜々として語り始める。

「まあそんなに怒《おこ》らないでよ。秘技と武具を授けるにはコイツの角か骨が必要でね。どちらにしても海獣とは一戦交えないと駄目《だめ》だったのよ」

「いえ、どちらにしても順序がおかしい。ならば初めから角なり骨なり取ってくるように言っていただけたら良いのでは？」

「え、なんで？」

よし殺そう。

今は無理でも、この悪辣《あくらつ》な女傑《じょけつ》は何時《いつ》か私の手で叩《たた》き伏《ふ》せようと強く誓《ちか》う。

そんな私を尻目《しりめ》に、スカハサ師は袖《そで》を捲《まく》り上げて告げる。

「さてさて！　それじゃお待ちかね、素材選びに入りましょうか！　槍《やり》にするか剣にするか、それとも弓にするか。早く選ばないと危ないからサクサク仕分けないと！」

「……危ない、ですか？　海獣なら絶滅《ぜつめつ》させましたが」

「ああ、無駄無駄《むだ》。コイツは元巨人族《きょじん》――フォモール族っていう巨人族から抜《ぬ》け落ちた星霊《せいれい》の欠片《かけら》みたいなものでね。死骸も時間が経《た》てば大地に溶《と》けて海に還《かえ》り、また何時か復活するだけよ。最近噂の〝魃《ばつ》〟みたいなものね」

海辺に打ち棄《す》てられた死骸に近寄り、その外殻《がいかく》を物色し始めるスカハサ師。

私はその行為《こうい》そのものよりも、師の発言に首を傾《かし》げた。

「巨人族から抜け落ちた力……ですか。でもその話だと、巨人族は星霊の力を授かっていたように聞こえます。それはおかしなことではないのですか？」

巨人族と云えばどの様な伝承であっても侵略《しんりゃく》者の代名詞のはずだ。

北欧《ほくおう》神群、ギリシャ神群、ケルト神群。その全てで巨人族は巨大な力を持つ最大の敵対勢力として描かれる。フォモール族とはケルト神群の大敵のはずだ。

この神々の箱庭でも例に漏《も》れず、様々な悪行を働いていると伝え聞いている。

最近の事件だと一〇年前に襲われたという水と大樹の街〝アンダーウッド〟が有名だろう。龍角《りゅうかく》を持つという強力なグリフォンとその仲間たちによって守られたという話だが、この巨人族の大襲撃《だいしゅうげき》はまだ耳に新しい。

「そうね。巨人族は侵略者の代名詞。貴女が訝《いぶか》るのはわかるわ。ただ、フォモール族は巨人族の中でも少し特殊《とくしゅ》な立ち位置にあってね。彼らは最終的に巨人族――〝不倶戴天《世界の敵》〟

と呼ばれる存在になってしまったけれど、元々は星の大動脈を守る巨人だったのよ」

師の語りに、私は驚いた。星の大動脈は恩恵を循環《じゅんかん》させる為の最重要地域だが、その多くが特殊な地質や地域に点在している。

外界で有名なのは合衆国の大火山地帯である〝イエローストーン〟、旧生物時代崩壊《ほうかい》を成した〝シベリアトラップ〟、最大の大気極相地域〝アマゾン樹海〟。

そして私が生まれた国——否《いな》、生まれるはずだった国。

極東の災害大国・日本。

此れらが〝星の大動脈〟に該当《がいとう》する。大動脈に隣接《りんせつ》する地域には多神教の神群が息吹《いぶ》く傾向《けいこう》があり、箱庭の世界の文化圏《けん》でもその様に区別されることが多い。

先述した大動脈の他《ほか》に大陸プレートの亀裂《きれつ》や熱帯雨林など天地に分かれた大動脈が存在するものの、ケルト神話が生まれた極西の地はその大動脈には該当しないはずだ。

ロンドンを代表とした尖塔《せんとう》群の街が居並ぶ英国文化が発達した理由の一つに、安定した地質と気候に恵《めぐ》まれたという要因がある。

西欧《せいおう》諸国は地盤《じばん》が安定しているが故に、星の鼓動《こどう》から離《はな》れてしまったが故に、現在の景観を持つ文明を獲得《かくとく》した——

と説明したのは、他でもないスカハサ師ではなかったか。

「ああ、うん。言いたいことは分かるわ。要するに星の大動脈が英国やアイルランドの近くにある筈《はず》がないって言いたいのよね？」

「はい。星の大動脈があの地に生まれれば大事件です。耐震《たいしん》文化がほぼ無い土地ですよ。災害に対する歴史を積んでいない英国に大動脈が生まれれば一年も経たずに壊滅《かいめつ》します」

「私もそれについては同意する。でも、昔は違ったのよ。それこそ私が生まれるより遥《はる》かな昔、〝来寇の書《エリン・グリモワール》〟の真典が存在していた頃《ころ》にはね。

――ちなみに貴女、〝アストラ〟って聞いたことある？」

師の言葉が急に真剣《しんけん》みを帯び、私も姿勢を正す。

「〝アストラ〟……ラテン語の方ですか？　それともサンスクリット？」

「両方よ。この言葉は元々一つの言葉でね。〝天軍《ディーヴァ》〟の前身が後々に訪《おとず》れる究極的な破滅《はめつ》から世界を救うために、二つの意味に分けて広めた恩恵なのよ」

印欧祖語圏《いんおうそごけん》って奴《やつ》ね、と指を立てながら続けるスカハサ師。

一般《いっぱん》的に〝アストラ〟と呼ばれる言葉には二つの意味がある。

一つ目は西欧圏のラテン語に於《お》いて星・新星を意味する言葉。

二つ目は印度圏のサンスクリット語に於いて兵器を意味する言葉。

西の方角で新星、東の方角で兵器として使われる古代のダブルミーニング。もしもこれらが二つの意味ではなく元は一つの意味を持つ言葉だったのだとしたら――
「〝アストラ〟とは……〝星の新兵器〟という意味、ですか？」
「おお、上手《うま》い具合に掛《か》け合わせたじゃない。流石《さすが》は我が愛弟子《まなでし》ね。――つまりはそう
〝アストラ〟とは、人類の究極的破滅を回避《かいひ》する為に必要な最終兵器に秘められた記号。
神話上に現れる星牛、星鍵《せいけん》、エーテル粒子《りゅうし》なんかがそれに該当するわ」
海獣の死骸を物色していたスカハサ師は、一番巨大な海獣に目を付けて駆《か》け寄る。
「勿論《もちろん》、全ての兵器にその名が与《あた》えられてるわけではないの。戴冠《たいかん》石や巨釜《おおがま》を与えられた
古代ケルト神話は印欧祖語圏から外れていたし、他国の文明に混ざる過程でその記号が変
わってしまったものも少なくない。アストラ、アステル、ステラの様な広義的に〝星〟を
意味する暗号もそうだし、星の形状や伝承の中にも〝アストラ〟は隠《かく》されている。極東の
地にも一つ、アストラの剣《けん》が残ってるしね」
「日本に……星霊由来の剣が？」
「ふふ。その話はまたね。私がこの海獣を武具の素材に選んだのは、アストラの残滓《ざんし》がこ
の海獣に宿っているからよ。ケルト神話に出てくる、巨釜の力がね」
「あ、巨釜なら聞いたことがあります。無限の食糧《しょくりょう》を生産し、死体を煮《に》れば死者を復活
できるという、ダグザの巨釜ですよね。聖杯《せいはい》のオリジナルとも伝えられる、」

「違う違う、その巨釜とは別物………或《ある》いは対局ね。フォモール族の王の手にあったのは死の巨釜。逆に大神ダグザの巨釜は死体を煮ると死者を復活させる力があったって話じゃない。今は女王をハロウィンの霊格《ひながた》に縛《しば》る程度の力しかないわ」

軽い調子で告げるスカハサ師に、私は肝《きも》を冷やした。

太陽の星霊である女王に〝クイーン・ハロウィン〟という雛型《ひながた》を与えて押し込める兵器など、規格外にもほどがある。本体の残滓に過ぎないにも拘《かか》わらず、それほどの力を持つというのか、その〝アストラ〟という兵器は。

「フォモール族はアストラを使い視《み》るだけで死を与えるという魔神を作り出した。其《そ》れが最強の神殺しの一角───死眼のバロールであり、その力の搾《しぼ》り滓《かす》がこの海獣《かいじゅう》ね」

ヒュ、とスカハサ師の左腕《ひだりうで》が踊《おど》る。

連接剣は一振《ひとふ》りで七つの弧《こ》を描《えが》き外殻を削《そ》ぎ落としていく。私の刃《やいば》は一度も通らなかったにも拘わらず、師の連接剣は瞬《また》く間に海獣を解体し始める。光を放ちながら幾重《いくえ》にも弧を描くその剣閃《けんせん》は、ものの数秒で海獣を肉と骨に分けてしまった。

同じ剣技でも武器が違えばここまでの差が出るのかと、思わず息を吞《の》む。

「ふふ、どう？　良い切れ味でしょう？」

「………ええ。その剣があれば、三日も此処《ここ》で走り回る必要は無かったでしょう」

「そういう安易な発想に至るから渡《わた》さなかったのよ。愛の鞭《むち》と思って許しなさい」

「許しません、絶対にです」

「しつこいなあ。貴女《あなた》の素体は優秀《ゆうしゅう》過ぎたのよ。私が教えた武技を三ヵ月足らずで極《きわ》めてしまった。コレ、弟子ランキングじゃ二位の功績よ」

指を二本立てて褒《ほ》めるスカハサ師。むしろ私以上に速く神域を修めた兄弟子がいる事に驚《おどろ》きを隠せない。古代ケルト人は生粋《きっすい》の戦闘《せんとう》民族だったようだ。

「その子の時にまあ、師として色々と失敗してね。其処《そこ》から私なりに反省して、秘奥《ひおう》を授けるにしてもまずは弟子の実力の底を知らなきゃ駄目だと思った……わけだけどまあ、まさか本当に勝っちゃうとはねー！　貴女の執念《しゅうねん》を少し見縊《みくび》っていたわ！」

頬《ほお》を掻《か》きながら困ったように笑うスカハサ師。

私はその言い分を聞き、皮肉気に笑う。

本当にそう思っているのなら自身を過小評価しているのはむしろ師であるスカハサの方だ。執念を力に変えたといえば、確かにそれもあるだろう。

私が剣を取ったそもそもの理由は死者特有の妄執《もうしゅう》だ。

疎《うと》ましく妬《ねた》ましい姉妹《しまい》を殺し、箱庭の外の世界で転生する。

箱庭内で死者を蘇生《そせい》する恩恵は無いものの、全く別の生命体に転生させる業《わざ》がある。

神々の箱庭にとって、死の概念《がいねん》は極めて特殊だ。

例えば外界で命を失い死したとしても、他の宇宙観を持つ神々にその価値を認められた者は、人類とは異なった宇宙観《コスモロジー》を持つ世界での霊格《そんざい》が確約される。

信仰《しんこう》が死を回避するという類《たぐい》の教典はこの転生法から由来したものだ。神を信仰するということは、死後の己《おのれ》を信仰した神に委《ゆだ》ねるということである。

死した肉体が大地に還り精霊《せいれい》化する場合は、青き星の精霊に。

祖霊崇拝《それいすうはい》の概念によって神霊化したものは、神群の宇宙観に沿った神霊に。

死後に星座に祀《まつ》り上げられて霊格を得た者は、星霊の代行人として転生する。

箱庭で存在を維持《いじ》する為《ため》に功績が必要だというカラクリが正に此処にある。

神々の箱庭で霊格《そんざい》を得る為には高次生命にその命の価値を、人生の軌跡《きせき》を、正負を問わず認められる必要があるということだ。

故《ゆえ》に、真の意味で完全なる死を迎《むか》える者とは――――その人生で何事も成すことが無く、誰《だれ》にも認知《にんち》されることのない者、ということになるかもしれない。

そういった数々の転生の業の中でも、私に施《ほどこ》される転生は太陽の境界を使った極めて珍《めずら》しい業の一つだろう。

私が行う転生法は――――万聖節と星の境界が撓《たわ》む日を利用したものだ。

古代ケルトの太陽信仰の概念を基《もと》にしたこの転生の恩恵《おんけい》は女王〝クイーン・ハロウィン〟と聖人ペテロにのみ許された転生法である。

十月三十一日は太陽の光が一年を通して弱り始める日であり、生と死の境界が砕《くだ》け死者が地上に復活する日として信仰されていた。

この信仰をキリ〇ト教に取り込んだのが万聖節だ。

しかしこの転生法も例に漏れず、死者を蘇生させる業ではない。

私に施される予定の転生法は二つ用意されている。

一つ目は、異なった時間流で全く別の生命として誕生させるというもの。

この場合、私の外見や記憶《きおく》は一度リセットされる。今の経験だけを引き継《つ》いだ状態で、〝女王の目的に尽《つ》くす〟尖兵《せんぺい》となる。

但《ただ》しこの転生法を用いた側は己の霊格を尖兵に一部譲渡《じょうと》する必要がある。

女王の霊格を削《けず》って譲《ゆず》られる為、転生した私はきっと女王と同じ金の髪《かみ》で生まれることになるだろう。

文明圏によっては此《こ》れを〝神霊の化身《アバター》〟とも呼ぶ。インド神話の太陽神は己の息子《むすこ》に全霊格を授けたという話も聞くが、此れは例外中の例外だとか。

二つ目は——私が生まれるはずだった時代の双子《ふたご》姉妹を殺し、その姉妹が本来担《にな》うはずだった役割を引き継ぐというもの。

姉妹の名は、久遠飛鳥《あすか》。彼女との〝入れ替《か》わり〟という特殊な転生は、双子姉妹である私だから可能な転生法だ。

運命の積量が可変しない事実の改変は、星霊《せいれい》クラスにもなればさほど難しいことではない。この方法を用いれば女王の霊格を傷つける必要もなくなる。

姉妹を殺す為に剣を磨《みが》いてきた——というのは、つまりそういうこと。

箱庭に召喚《しょうかん》されてからの三ヵ月間。己の背中を押す感情はそれだけだ。そのためだけに私は幾多《いくた》の試練を乗り越《こ》え、遂《つい》には女王騎士《きし》の試験を受けるに至った。

だがしかし——如何《いか》に妄執があり、如何に素体が優秀とはいえ、それだけで至れるほど神域の武技は安くない。

スカハサ師の指南が的確だったからこそ、自分は神域の業を獲得するに至ったのだ。

（…………。少しは、感謝するべきなのでしょうか）

こうして無事に最終試験も合格できた。

少しくらいは感謝を言葉にして示すのも人として正しい在り方なのでは、

「しかし勿体《もったい》ないことしたなー。惨敗《ざんぱい》してボロボロになった貴女を畳《たた》みかけるように叱《しか》りつけて自尊心をたたき折り今後の指示をしやすくするつもりだったのに。無念だわ！」

いや、無いな。

うん、絶対に無い。

感謝するほうがむしろ筋違《すじちが》いだ。

この女傑《じょけつ》が他人を鍛《きた》えるのは趣味《しゅみ》と勅令《ちょくれい》を兼《か》ねたものでしかない。

女王の勅命で私を鍛えるように指示されてはいるが、死ねばそれまでの事だと考えていた可能性も十二分にある。此処で甘い顔をしては後ほど図に乗らせるだけ――

「さて、それじゃ帰りましょうか！　今日くらいはお祝いしてあげないとね。せっかくだから、女王騎士兼《けん》・メイド長の腕《うで》を少しだけ見せてあげましょう！」

「――――、」

上機嫌《じょうきげん》で削ぎ落とした海獣の肉を纏《まと》めるスカハサ師。

鼻歌交じりで弟子の勝利を喜ぶその仕草に、嘘偽《うそいつわ》りは感じられない。

本心から祝ってくれているらしく、何ともむず痒《がゆ》いことこの上ない。

感謝を告げるタイミングを逃《のが》した私は黙《だま》ってそっぽを向くしか手が残されておらず、仮面の下で曖昧《あいまい》な顔をするしかなかった。

（……まあ、何時《いつ》か御礼《おれい》を言う機会の一つくらいあるでしょう）

愛剣を杖《つえ》にして立ち上がった私は埃《ほこり》を払《はら》い、遥《はる》か海の向こうにある水平線を見る。

海面と月が鏡合わせになるその景観は、海辺が限られている箱庭では中々に見られない光景だ。

目を閉じれば潮の満ち引きがリズミカルに響《ひび》いてくる。

外界の島国ならば多くの場所で聞くことが出来るというその潮騒《しおさい》に思いを馳《は》せながら、私は師に対してポツリと呟《つぶや》く。

「……先生」

「うん？」

「私は本当に――私の人生を、勝ち取ることが出来るのでしょうか？」

師が嫌《きら》う弱音を吐《は》き、ハッと口元を押さえる。

私が外界で生を得るには、何時か召喚されるはずの姉妹との殺し合いに勝利しなければならない。其処に疑問を呈《てい》するということは、自身の勝利を疑うということだ。

そんな軟弱《なんじゃく》な考えが許されるはずも無い。拳《こぶし》が飛んでくることを覚悟《かくご》した私は慌《あわ》てて剣を構えた。

だが意外にも、スカハサ師にそのような気配はない。

代わりに鉄の素顔《すがお》が露《あら》わになる。僅《わず》かに瞳《ひとみ》を細めた師に私は背筋を凍《こお》らせる。

ワインレッドの赤髪をゆらりと靡《なび》かせ、真っ直《す》ぐに私を見つめる師は――――さながら、予言者の如《ごと》き冷淡《れいたん》な声で告げた。

「……………そうね。貴女に姉妹を殺す覚悟があるのなら………いいえ。貴女に肉親を殺す、その意味が、い、い、あるのなら。貴女の勝利は揺《ゆ》るがないわ」

「殺す意味？　転生とは別の意味、ですか？」

「ええ。貴女が戦う理由、貴女自身が転生を願う理由。願いの根幹にある筈《はず》の想《おも》い。その矛盾《むじゅん》が貴女の剣《けん》を鈍《にぶ》らせるのであれば………貴女は、必ず敗北するわ」

師は少しだけ寂《さび》しそうに私の敗北を宣告する。

其《そ》れはつまり、師の教えた業の数々が勝敗を分かつ要因にはならないということだ。

如何に冷淡な女傑であっても、弟子《でし》の運命に己の教え伝えた業が絡《から》むことが無いのは寂しいことなのだろう。

「――――………」

そして、その予言は一語一句違《たが》えることなく実現した。

己の家族を手に入れる為に、己の姉妹を殺す。

私がその矛盾に気が付いたのは姉妹との殺し合いの最終局面。

最後の最後になって、私はその予言の意味を噛《か》み締《し》めた。

世界で只《ただ》一人、自分と同じ孤独《こどく》を抱《いだ》き、孤独を癒《いや》すことができたかもしれない人。

そんな姉妹を殺して、その先にある幸せを甘受できるのか。

死に物狂《ものぐる》いで得た生の機会を、一生涯後悔《いっしょうがいこうかい》と共に生きることになるのではないのか。

「――――」

妄執と共に鍛えた技《わざ》は無為《むい》に散った。しかし師は私が亡者《もうじゃ》として勝利するよりも、私が畜生《ちくしょう》に落ちる事を憂《うれ》いてあの予言を私に授けた。

時に憎《にく》み、時に疎み、時に羨望《せんぼう》した神域の業の師は、名実共に人生の師と為《な》った。

妄執から解放された私は女王の寵愛《ちょうあい》者として黄金の髪を授かり、外界で新たな名と姿形――久藤《くどう》彩鳥として。

今日も、新しい人生を謳歌《おうか》している。

第一章

Last Embryo

――精霊《せいれい》列車〝サン＝サウザンド〟号
　最上階テラスの鍛錬《たんれん》場。

張り詰《つ》めた空気が両者の間に流れていた。煌《きら》めく尖刃《せんじん》を共に突《つ》き合わせる久藤彩鳥《くどうあやと》と上《うえ》杉《すぎ》女史は微動《びどう》だにせぬままにらみ合って動かない。糸を指で弾《はじ》けば今にも激しく剣戟《けんげき》を重ね合わせそうな気迫《きはく》を漂《ただよ》わせながら板張りの鍛錬場で構えている。

久藤彩鳥が握《にぎ》る得物は仕込み武器の連接剣。

上杉女史が握る得物は赤い長柄《ながえ》の馬上槍《やり》。

間合いの有利は彩鳥にあるものの、成人男性一人分ほどの長さを誇《ほこ》る長柄の槍とぶつかり合えば、連接剣の剣先は軽く弾き飛ばされてしまうだろう。

その隙《すき》に上手《うま》く押し込めば、連接剣は如何様にも捌《さば》いてしまえる。

しかし彩鳥の武器は連接剣だけではない。彼女は近接戦闘《せんとう》用の二本槍も所持している。上杉女史が迂闊《うかつ》に飛び込めば手痛い返しを頂くことになるだろう。

後の先を警戒《けいかい》する両者は共に機会を窺《うかが》い続ける。

だが突如《とつじょ》、彩鳥が大きく息を吸ってから口を開いた。

「……失礼。鍛錬を申し込んだ以上、此方《こちら》から打ち込むのが礼儀《れいぎ》ですね」

その言葉に上杉女史もニヤリと口元を緩《ゆる》める。

彼女は初めから先手を取るつもりが無かったのだろう。未知の相手がどの様な手を見せてくるか心待ちにしている節さえある。

ならば期待に応《こた》えるのが挑戦《ちょうせん》者の義務というもの。

刀身の連結を緩ませた彩鳥は静かな呼吸と共に、蛇蝎《だかつ》の剣閃《けんせん》を解放した。

「ふっ――――！」

三つの弧《こ》を描《えが》き襲《おそ》い掛《か》かる剣閃。

人の業《わざ》のみで繰《く》り出されるとはとても思えないその鋭《するど》さに上杉女史は僅かに硬直《こうちょく》する。

此《こ》れが蛇《へび》の牙《きば》ならば、此れが蠍《さそり》の尾《お》であるなら、この様な硬直をする戦士ではない。此れが牙なら牙ごと頭蓋《ずがい》を砕《くだ》き、此れが蠍の尾であるなら根元から切り裂《さ》くだけのこと。

しかし蛇蝎の剣閃はその全身が鋭い刃だ。

蛇の腹と思い違えて触《ふ》れた場所が、牙より鋭く蠢《うごめ》く鱗《うろこ》であった、なんて云《い》うのはとてもじゃないが笑えない。

剣先をどの様に弾き返しても撓《たわ》んだ刀身が矢継《やつ》ぎ早に襲い掛かることだろう。

如何様《いかよう》に捌いても結果は同じ。故《ゆえ》に、上杉女史の行動は速かった。

「何処《どこ》に居ても斬《き》られるというのなら――――足を止めるなど愚《ぐ》の骨頂《こっちょう》ッ!!!」

槍の穂先《ほさき》と柄《え》の先で二度打ち払《はら》い、上杉女史は突進《とっしん》を仕掛けた。

猪突猛進《ちょとつもうしん》こそ我が代名詞とばかりに駆《か》け出した彼女に彩鳥は思わず目を見張ったが、此れは此れで正しい判断でもある。

遮蔽《しゃへい》物の有無《うむ》、得物の違い、間合いの差を考慮《こうりょ》すれば逃《に》げ回る益は皆無《かいむ》である。瞬時《しゅんじ》に最善手を選び取ることが出来るのは彼女の経験の豊富さ故だろう。

だがそれは同時に両者の技量の差を露呈《ろてい》させた。

もしも彼女に蛇蝎の剣閃を払いのけながら突き進む技量があるのなら、如何に猪突猛進の性格であっても堅実《けんじつ》に突き進んでいただろう。

此《こ》のまま剣技だけで押し切れると判断した彩鳥は後退しながら更《さら》に弧を増やし圧迫《あっぱく》を仕掛ける。手元を巧《たく》みに操《あやつ》りながら払われた蛇腹《じゃばら》も利用して追い詰める。

しかし上杉女史の突破《とっぱ》力は尋常《じんじょう》ではなかった。

蛇蝎の剣閃で網目《あみめ》を描こうが柵《さく》を築こうが何のその、腕《うで》が千切れようと足が千切れようと死なねば安いの侍精神《サムライスピリッツ》で突っ込んでくる。

それで実際に軽傷で済ませるのだから侮《あなど》れない。

此れが戦国時代で御馴染《おなじ》み〝戦人《バトルヒューマ》〟というものなのかと、彩鳥は少し感動した。

——とはいえ、それと勝負は別物である。

此の手合いの猪《いのしし》武者《むしゃ》は彩鳥にとって絶好のカモだ。

力任せに突っ込んでくるだけならどの様に捌こうと負ける気がしない。

蛇蝎の剣閃を捌こうと上杉女史の体が大振《おおぶ》りになると同時に。蛇が蜷局《とぐろ》を巻くように剣先が長柄の槍を搦《から》め捕《と》る。一本釣《いっぽんづ》りの様にその槍を一気に引き寄せようとした直後。

上杉女史が、得物を離したのだ。

「っ——！」

勢い良く引っ張り上げた彩鳥は後ろに体勢を崩《くず》した。しかしすぐに勢いを殺さないまま後転して立て直す。

だが上杉女史が距離《きょり》を詰めるには十分すぎる隙だった。

一足飛びで摑《つか》みかかれる距離にまで踏《ふ》み込んだ上杉女史は彩鳥の手首を摑み、大布を広げるように翻《ひるがえ》してから叩《たた》きつけた。

「どッ、せいッ!!!」

響《ひび》く爆音《ばくおん》。弾《はじ》ける床板《ゆかいた》。

板張りの床《ゆか》は無残にも砕け散り、その衝撃《しょうげき》音は精霊列車の下層にまで響いた。

「痛っぅ…………！」

ケホッ、と噎《む》せ返る彩鳥。

その上から覗《のぞ》き込むように笑いかけた上杉女史は、得意気な様子で勝利宣言をした。

「ふふ。勝負あり、だな」

「…………はい。私の負けです。侍精神、恐るべしです」

「それは此方の台詞《せりふ》だぞ。お前の連接剣の腕は噂《うわさ》に聞いていたが見事なものだ。この目にしてみるまでは曲芸の類《たぐい》としか思っていなかったが、いやはや、実際に目《ま》のあたりにすると凄《すご》いものだな！　いつも通り突進するしか手が無かったぞ！」

鼻息を荒《あら》くして賞賛する上杉女史。

どうやら攻略《こうりゃく》法が無い時は真正面から突き進むのが彼女の流儀《りゅうぎ》らしい。まだ体に力が入らない彩鳥はぐったりとしたまま苦笑いを浮《う》かべる。

しかし驚《おどろ》かされたのは彩鳥の方だ。

人は武器を手にすればまず身を守ろうとするもの。

戦いの場で一度握りしめた武器を敢《あ》えて離すというのは並外れた胆力《たんりょく》が無ければ出来ない。此れが鋼《はがね》の侍精神というものらしい。

彩鳥は恐《おそ》れ入りながらまだ痛む体を何とか立ち上がらせる。

だがその時――背後から、猛獣《もうじゅう》の唸《うな》るような声が響いた。

「……随分《ずいぶん》と無様ね、彩鳥」

ビクッッッ!!! と背筋を伸《の》ばして立ち上がり振《ふ》り返る。

そうだ、この人が見学に来ていたことを忘れていた。

壁《かべ》に寄りかかりながら二人の立ち合いを見ていた赤髪《あかがみ》を三つ編みに結《ゆ》っている女――女王騎士《きし》スカハサは、心底不快そうに彩鳥を睨《にら》んでいる。

身体《からだ》の痛みも忘れて立ち上がった彩鳥は額からダラダラと冷や汗《あせ》を流し始めた。

「彩鳥。一応聞いておくけど。私はあんな粗雑《そざつ》な戦い方を教えた事は無い筈《はず》よね？」

「は、はい。武器を絡《から》めて取り上げようとしたのは私の悪手です」

「それは別にいいわ。百万歩譲《ゆず》って許してあげる。決闘《けっとう》ならいざ知らず、これは鍛錬の成果をみる模擬《もぎ》戦だもの。武器を取り上げて終わらせようとするのは結構よ」

悪手は許すと口にしながら、言葉に込められた怒気《どき》はまるで収まらない。

より一層縮こまる彩鳥に、スカハサは吐《は》き捨てるように告げる。

「怒《おこ》っているのはむしろ其処《そこ》に行きつくまでの試行錯誤《しこうさくご》よ。――ねえ、彩鳥。お前がどんな思考で上杉さんの武器を取り上げようとしたのか、当てて上げましょうか？」

「え？」

「上杉さんが突撃《とつげき》を選んだ時、お前はこう考えたはずよ。

〝技量では自分が遥《はる》かに上なのは自明の理。にも拘《かか》わらず力任せに突っ込んでくるだけなら、どの様に捌こうと負ける気がしない〟。――そんな風に慢心《まんしん》したから、相手の武器を絡めて取り上げるなんて普段《ふだん》やらない強引《ごういん》な戦法を選んだのでしょう？」

グサリ、とほぼ完ぺきな図星を突かれる。

師の侮蔑《ぶべつ》を含《ふく》んだ視線に自身の慢心を突かれ、彩鳥は羞恥《しゅうち》で頬《ほお》を紅潮させて俯《うつむ》いた。

戦っている時は最善手を選んだつもりでいたが、言葉に出されて再確認《さいかくにん》させられると無様なことこの上ない。

二本の槍に持ち替《か》える間も無ければ、距離を取って剛弓《ごうきゅう》を番《つが》えることも無かった。

師に授《さず》けられた技を一割も使うことなくあっけなく敗北してしまっては、指導者として憤怒《ふんど》するのも当然の事だろう。

いっそ消えてしまいたいと縮こまる彩鳥は、

「……………ほんとに無様ね」

グッッッサリ、と。

追い打ちのハートブレイクを決められ、しゅん、と肩《かた》を落とした。

「はあ……ごめんね、上杉さん。お目当ての業が見せられなくて。もしよかったら私が一手お相手しましょうか？」

彩鳥の連接剣《けん》を拾い上げ、左手で軽く振るう。搦め捕られていた長柄の槍は蛇の尾先に弾かれたように回転しながら上杉女史の手元に戻《もど》った。

しかし長柄の槍を受け取った上杉女史は笑いながらハッキリと首を横に振る。

「スカハサ殿《どの》直々に神域の業を見せていただけるというのは名誉《めいよ》なことだ。しかし私は彩鳥に神域の武技を見せてもらうと約束し、彼女の業の全《すべ》てを見せてもらった訳ではない。人には誰《だれ》しも好調不調の波があるというもの。彩鳥には日を改めて再度手合わせ願おう」

上機嫌《じょうきげん》で嫌味《いやみ》の無い朗《ほが》らかな笑《え》みに、少しだけ驚くスカハサ。

そして申し訳なさでより沈《しず》み込む彩鳥。猪突猛進の猪 侍《いのししざむらい》なんてプリトゥからは揶揄《やゆ》されているが、武人としての人柄《ひとがら》は申し分ない御仁《ごじん》である。

此のままでは終われないと奮起する彩鳥を、冷淡《れいたん》な声が阻《はば》んだ。

「彩鳥。いい機会だから単刀直入に聞くわ。貴女《あなた》、箱庭に居た頃《ころ》の記憶《きおく》はどれだけある？五年前に会いに行ったときは違和感《いわかん》が無かったけれど。記憶の欠損は無いの？」

「も、問題ありません。武技が鈍《にぶ》ってると言われれば反論は出来ませんが……」

「その様子はないから安心なさい。私の見立てだと貴女の鈍りは気構えの問題だから。もし記憶に問題が無いとすると……あとは一つしかないわね」

はあ、とため息を漏《も》らして腕を組む。

先ほどとは別の意味で冷たい視線を向けるスカハサ。

「陳腐《ちんぷ》な言い方になるから避《さ》けてたんだけど。――貴女もしかして、戦う理由を見失ってない？」

「そ、そんなことは……！」

「少なくとも昔の貴女なら、今の様な醜態《しゅうたい》は見せなかった筈よ。箱庭から外界へ転生する為《ため》に必死だった、あの頃の貴女なら」

反論を許さない厳しい口調。彩鳥は言い返せずに歯嚙《はが》みする。

ミノタウロスとの一戦以来、思う様に戦えていないもどかしさは感じている。

昔の自分なら――箱庭で戦っていた頃の自分ならこんな醜態はさらさなかった筈だ。

巨人族《きょじん》を薙《な》ぎ払《はら》い、巨龍《きょりゅう》との戦いを経て、遂《つい》には魔王《まおう》の凶爪《きょうそう》さえも捌いて見せた頃なら。

「私の教える武技の強みは手札の数にあるわ。遠距離《えんきょり》、中距離、近距離のあらゆる戦闘に適応する為に二本の槍《やり》、連接剣、剛弓の三つを使い分ける必要がある。常に相手の上手を取り続けることで優位に立ち、自身より格上の相手にも戦闘を成立させることが出来る。貴女にも、一番初めに教えたことよね？」

「は、はい」

三種の武具を適切な状況《じょうきょう》で使い分けることが出来れば、身体能力で劣《おと》っていたとしても勝利することは難しいことではない。

だが口にするは易《やす》く、成し得るには厳しい。

適切な状況判断が出来なければ戦いにすらならず命を落とすことになる。

最善手を選び続ける冷静な判断と、己《おのれ》より格上の相手に打ち勝とうという胆力。その全てが揃《そろ》っていなければスカハサの業《わざ》は成立しないのだ。

「あの頃の貴女の剣には神仏さえ退ける執念《しゅうねん》があった。地を這《は》い泥《どろ》を啜《すす》ってでも自分の目的を遂《と》げて見せるのだと。その執念があったからこそ貴女は女王騎士に任命されたのよ。なのに今の貴女はまるで覇気《はき》が足りない。此《こ》れでは師である私の面目《めんぼく》も立たないわ」

「………はい。申し訳ありません」

一言一句、返す言葉も無い。

スカハサも怒《いか》りを通りこして呆《あき》れかえり、鍛錬《たんれん》場から背を向けて歩き出した。

扉《とびら》に手を掛《か》けた彼女は首から上だけ振り返り、突《つ》き放す様に宣言した。

「もう一度よく考えることね。今のままじゃ貴女……手にしたもの全てを、失うことになるわよ」

振り返ることなく足早に去っていくスカハサ。

彩鳥はその背中に声をかけることもできないまま、辛《つら》そうに奥歯を噛み締《し》めた。

＊

——精霊《せいれい》列車〝紫煙《しえん》のラウンジ〟。

視界を惑《まど》わす紫煙が漂《ただよ》うバーラウンジ。

人外の敵対者が鉢合《はちあ》わせないようにそれぞれの座席には雅《みやび》な半透明《はんとうめい》のカーテンが掛かっている為、隣《となり》の席の様子は互《たが》いに把握《はあく》できない。

そんな不明瞭《ふめいりょう》な視界の中を、大股《おおまた》でズンズンと進む女性がいた。

赤い三つ編みを左右に振りながら歩く女性——スカハサは真っ直《す》ぐに最奥《さいおう》の個室まで直進する。歩くその姿勢は為人《ひととなり》を示すというが、その容赦《ようしゃ》ない大股歩きを見れば、今の彼女の心情を推《お》し量るのは難しくないだろう。

彼女は今、明らかに怒っていた。

弟子《でし》たちには鬼《おに》だ悪魔《あくま》だといわれる彼女だが、その気性《きしょう》は平時だとむしろ穏《おだ》やかな人種である。その彼女を此れだけ怒らせるとは中々に出来ることではない。

ズカズカズカ、と勢い良く紫煙を引き裂《さ》いて進む。

その後ろを追う様に上杉女史が小走りで近づいた。

「スカハサ殿！　少しお待ちを！」

「あら？　上杉さんが何の御用《ごよう》？」

「向かう先が同じだと思ったのでな。それより良かったのか？　彩鳥をあのままにして」

「私から言うべきことは既《すで》に言ったわ。後はあの子の問題よ」

「その割には随分と怒っている様に見受けたが……」

そりゃ誰だって怒ることはあるだろう。スカハサとて元は人の子である。

人に好調不調の波があるといったのは他《ほか》でもない上杉女史だ。出来れば今は一人で酒でも呷《あお》りたい気分だったが、この様子では簡単に放してくれそうもない。

スカハサはため息を吐いて個室の扉に凭《もた》れ掛かる。

「誤解が無いように言っておくけど、私は別に彩鳥の敗北に怒ってるわけじゃないわ」

「そ、そうなのか？」

「ええ。模擬戦なんだから新しい戦術に手を出して敗北するのは別に恥《はじ》でもないでしょ。

私だって失敗を積み重ねて研鑽《けんさん》して来てるわけだしね」

剣術《けんじゅつ》、槍術《そうじゅつ》、弓術。その全てを絶え間なく研鑽し続けてきた彼女にとって失敗はむしろ身近なものだ。指導の際に個人的な怒りを交えるのは指導者とし恥《は》ずべき事だ。

「ではスカハサ殿が怒ってるのは……目的意識の欠如《けつじょ》についてか？　確かに気迫《きはく》に欠ける戦いをする娘《むすめ》ではあるが、箱庭に居た頃の執念はそんなに凄《すご》かったのか？」

「そりゃそうよ。生への羨望《せんぼう》は死者特有の妄執《もうしゅう》だもの。だから生者として、新たな命として独りで歩み始めた彩鳥が、戦場から心が離れてしまうのは仕方がない事よ」

――……むむ？

「スカハサ殿？　其処までわかっているなら、何がそんなに気に食わないのだ？」

「ん？　目的意識の欠如だけど？」

「だがそれは仕方がない事だと……違《ちが》うのか？」

ああ、なるほど。スカハサは誤解させてしまった事に苦笑いしながら首を横に振る。

久藤彩鳥の前身である久遠彩鳥――彼女は本来なら生まれてくることすらできない、双子《ふたご》の片割れだった。死因が流産であったのか其《そ》れとも何らかの理由で双子の片割れを間引いたのかはわからないが、彼女は必ず赤子のまま命を失う宿命にあった。

理不尽《りふじん》な死を嘆《なげ》いた彩鳥は双子の姉妹《しまい》を殺し、自分だけの家族を手に入れようと必死だった。しかし今の彼女に同じ魂《たましい》の熱量を持てと叱るのは酷《こく》なことだろう。

何故《なぜ》なら、今の久遠彩鳥は――

「率直《そっちょく》に言うとね。――今のあの子、幸せなのよ」

「幸せ？」

「ええ。満たされてると言い換《か》えてもいい。愛すべき家族が居て、愛すべき学友がいて。大凡《おおよそ》の人間が望む幸せを手にしたあの子にとって、この太陽主権戦争は人生の蛇足《だそく》でしかない。無欠の人生を手にした人間が命を賭《か》けて戦う事に意味を見いだせなくなることは、必然であり、仕方がない事だもの。それにケチを付けるのは無粋《ぶすい》の極《きわ》みでしょう？　だって師であるなら、弟子の幸せは祝福してあげるのが筋なのだしね」

険しい瞳《ひとみ》を、少しだけ柔《やわ》らかくするスカハサ。

〝手にしたもの全てを失う〟とは、久藤彩鳥が手にした幸せを失うという警告だったのだ。

その挙動と言動に、上杉女史はこの女傑《じょけつ》の人柄を見た気がした。

「ふふ……なんだ、そういう事か！　如何《どう》やら私の心配は杞憂《きゆう》だったらしい！　つまりスカハサ殿は、愛弟子《まなでし》が心配で心配で仕方がないのだな？」

「……え？」

――――え???


と、有りっ丈《たけ》の疑問符《ぎもんふ》で答えるスカハサ。

如何やら自分の怒りの根源に全く気が付いていなかったらしい。

腕《うで》を組み直し無言で自問自答をし始めた彼女は、苦虫を噛《か》み潰《つぶ》した様な顔をした。

「あ、あれ？　あれれ？　でも、ああ、うん、話をまとめるとそういうことになるわね。

……そう、なっちゃうわね」

「ああ。端的《たんてき》に言うとそうなるな」

「で、でもあの子が特別って訳じゃないわよ。いやほんとに！」

何か適切な喩《たと》えは無いかと自問自答を繰《く》り返すスカハサ。

此処《ここ》できちんと適切な返しをしないと上杉女史に〝ツンデレ師匠《ししょう》〟などと不名誉な渾《あだ》
名《な》で呼ばれてしまう。それはできれば避けたい。

自問自答の末に、コホン、と少し紅潮して仕切り直す。

「まあ、心配していないというと嘘《うそ》になるわね。でもそれはあの子が特別ってわけじゃな
いの。私が弟子にした女の子って例外なく不幸になってるから……いや、男の弟子もみ
んな早死にしてるし……あれ、私ってもしかして師匠として結構かなり駄目《だめ》駄目じゃ、」

「お、落ち着けスカハサ殿！　私が悪かった！　この話題は此処までにしよう！」

こんなに自爆《じばく》を重ねるスカハサは極めて珍《めずら》しい。

旧知の友でさえ目を丸くするだろう。

女王に見つからなかったのは不幸中の幸いだ。こんなスカハサを見て嗜虐《しぎゃく》心が刺激《しげき》されないわけがない。

更《さら》に自爆しそうな事をスカハサが口走りそうになったその時。

精霊列車の車内全体に、黒《くろ》ウサギの声が響《ひび》いた。


『それでは此れより！　主権戦争の第一舞台《ぶたい》・アトランティス大陸に上陸を開始します！参加者の皆《みな》さん及《およ》び関係者の皆様は一枚目の〝契約書類《ギアスロール》〟をお手元にご用意ください！』


「このアナウンスは…………黒ウサギ殿《どの》？」

「そういえば今日は上陸日だったわね。あの子たちの準備はできてるのかしら？」

「確認《かくにん》してこよう。この話はまた後で！」

その場を離れるいい口実を見つけた上杉女史はスカハサに背を向けて走り去る。

如何やら仲違《なかたが》いをしているわけではないらしいが、スカハサの心配も尤《もっと》もだ。今のまま彩鳥が太陽の主権戦争に臨《のぞ》むのは危険な気がしてならない。

何かできることは無いかと考えつつ、上杉女史は展望台ラウンジを目指した。

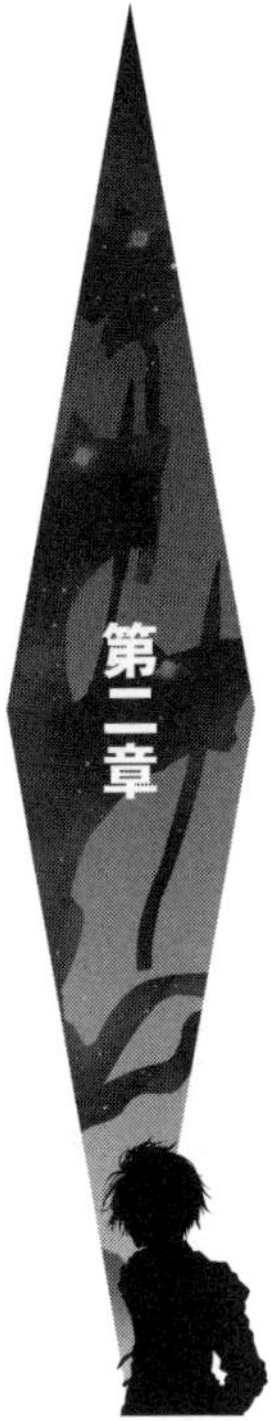

――精霊《せいれい》列車〝サン＝サウザンド〟号・展望台ラウンジ
〝六本傷〟の甘味処《どころ》。

少し時間を遡《さかのぼ》る。
巨大《きょだい》精霊列車〝サン＝サウザンド〟号は現在、地脈の上にある海上を突き進んでいた。
水平線を見渡《みわた》せる展望台デッキでは飲食店が並んで鎬《しのぎ》を削《けず》っている。
そんな中で独り、彷徨《さまよ》う哀《あわ》れな子牛――クレタ島の王子・アステリオスが居た。
（……不味《まず》い。完全に焔《ほむら》たちとはぐれてしまった）
キョロキョロと周囲の人込みを見回すその仕草は正に親とはぐれた子牛の姿だ。
加えて小腹も空《す》いてきた。迷子《まいご》にハラヘリとは正に泣きっ面《つら》に蜂《はち》である。
焼き玉蜀黍《とうもろこし》の芳《こう》ばしい薫《かお》りや色鮮《いろあざ》やかな氷菓子《こおりがし》には心惹《こころひ》かれるものがあるものの、目的を忘れてはならないとアステリオスは自身を戒《いまし》めて突《つ》き進む。

此方《こちら》の展望台デッキに来ているはずだと周囲を見回すがその気配はない。

賑《にぎ》やかな女性の声――――黒《くろ》ウサギの声が響いた。

『ゲーム終了《しゅうりょう》ー!!! 此《こ》れにて本日の日替《ひが》わりギフトゲーム・〝星獣《せいじゅう》ポーカー〟を終了とします! 参加者の皆様に惜《お》しみない拍手《はくしゅ》を!』

ウサッ! と伸《の》びる黒ウサギのウサ耳。デッキの向こうから上がる歓声《かんせい》。

どうやら精霊列車で行われる日替わりのギフトゲームを開催《かいさい》していたらしい。このゲームの勝者は賞品ともう一つ、主権戦争の本選を有利に進める権利が与《あた》えられるという。

今日がその最終日だったはずだ。

アステリオスは会場の方に足を向け、勝敗に耳を傾《かたむ》ける。

壇上《だんじょう》に立つ黒ウサギが勿体《もったい》ぶって間を置くと、

『勝者は――――我らが〝ノーネーム〟の頭首・春日部耀《かすかべよう》さんでございます♪』

オオオオオオォォォォォォォォ!!! と、沸《わ》き立つ観客たち。歓声を上げる客には巨人族《きょじん》の者たちもいる。

如何やら春日部耀は多種族に縁者《えんじゃ》がいるらしい。

(結局、焰たちは一度も勝利できなかったか。厳しい本選になりそうだな)

とはいえ、焔たちの目的は勝ち抜《ぬ》くことではない。

彼らの目的は太陽の主権戦争に潜《ひそ》む敵を見つけ出すことだ。

数か月前に星辰粒子体《せいしんりゅうしたい》を媒介《ばいかい》に〝天の牡牛《おうし》〟を外界に召喚《しょうかん》し、疑似天然痘《ぎじてんねんとう》を世界中にばら撒《ま》いた組織。どの様な意図でそんな暴挙に至ったのかは定《さだ》かではないが、放置し続ければ双方《そうほう》の世界に害なす敵となるだろう。

その敵を見つけ出す為《ため》に、西郷《さいごう》焔たちは戦いに身を投じたのだ。

（しかし有利に進められるに越《こ》したことは無い。全敗の焔とアルジュナは大いに反省してもらおう）

アステリオスは苦笑いしながら参加者たちが集《つど》う天幕に駆《か》け寄る。

この日替わりゲームは日毎《ひごと》に違う内容で様々な分野が試《ため》されると聞いていた。

果たして今日はどの様なゲームが開催されたのかと期待しながら近づくと――

「――だからッ！　なんでッ!!　あの時に賭けるのをやめなかったんだアルジュナ!!?」

「し、仕方がないでしょう!?　会場の盛り上がりを鑑《かんが》みれば、退《ひ》ける雰囲気《ふんいき》ではなかったじゃないですか!!!　それに勝てそうな手札が配られたのに退くなんて戦士階級《クシャトリヤ》の名折れ！正々堂々と勝ち抜いてこそ誉《ほまれ》ある勝利を得られると言ったのは、他《ほか》でもない焔の兄君ではないですか!!!」

「あのスカタンの言葉なんて覚えてなくていいんだよッ!!! あとカードゲームは権謀術《けんぼうじゅつ》数《すう》を上手《うま》く使う者が勝者でありジャスティスなのであって、敗者に誉とかマジねえから!!! あとポーカーのスリーカードはそんなに強くねえから!!!」

ウガーッ!!! と、剣呑《けんのん》な雰囲気で言い争いをしている二人の少年。

一人は西郷焔。アステリオスの主人であり、太陽主権戦争の参加者の一人。

もう一人の青髪《あおがみ》の少年はアルジュナ。神王インドラの息子《むすこ》にして、太陽主権戦争の敵対者の一人。今は訳あって同じコミュニティとして参戦している。

半神半人、それも主神級の息子ともなればその戦闘《せんとう》能力は参加者の中でも飛び抜けている。此れほど仲間として頼《たよ》りがいがある相手もいないはずだが――

「くそ………!!! 最終ゲームがカードゲームと聞いて最後のチャンスと意気込んでいたのに、まさか相方に背中を刺《さ》されるなんて………!!!」

「途中《とちゅう》までは順調だったのですが。俺に落ち度は無かったはずです」

「カードの手役と引きは凄いもんな、アルジュナ。十回も挑戦《ちょうせん》して豚《ぶた》役が一回も無いなんてイカサマを疑われても仕方がない引きの強さだ」

「ふっ、当然です」

「………まあ、顔に何から何まで全部出るからボロ負けするんだけどな」

焔の棘《とげ》のある言葉に、しょんぼりと肩《かた》を落とすアルジュナ。

隣《となり》で言い争いを聞いていた少女——彩里鈴華《あやざとすずか》が苦笑いで割って入る。

「そこまでにしなよ、ブラザー。アルジュナ君の引きを信じて殿《しんがり》を任せたのは私達じゃん。アルジュナ君の負けん気の強さを計算しなかった私達にも落ち度はあるよ、少しだけ」

「少しだけな」

二人に睨《にら》まれて益々《ますます》肩を落として小さくなるアルジュナ。どうやら彼女も許しているわけではないらしい。見かねたアステリオスは小走りで駆け寄り三人に声をかけた。

「すまない、遅《おく》れてしまった。ゲームの内容は残念だったな」

「………アステリオスも来てたのか」

「今さっきな。あと、余りアルジュナを責めてやるな。戦士の本分で負けたのなら兎《と》も角、只《ただ》のカードゲームだろう？」

「そんなことない！　俺の借金返済がかかってる！」

「借金返済といっても箱庭に永住するわけじゃないお前には関係ない話だと思うけどな。最終的に踏《ふ》み倒《たお》しても誰《だれ》も怒《おこ》らないはずだぞ」

借金を踏み倒す——アステリオスの忠告を受けた焔は、目から鱗《うろこ》を落とした。確かに箱庭へ永住するつもりが無い焔は、故郷の世界に帰ってしまえばそれまでだ。

根が生真面目《きまじめ》な焔には、借金を踏み倒すという発想が無かったのだろう。

「そ……そうか……！　元々は俺の借金じゃないし、最後は帰ってもらうって女王が言ってたもんな………!!」

「そういうことだ。アルジュナもインド神群にその人ありと謳《うた》われた大英傑《だいえいけつ》。自らの借金ぐらい自分で返済する心づもりに違《ちが》いない。そうだろう？」

「も、勿論《もちろん》です。初めからそのつもりで戦ってましたから！」

アルジュナは僅《わず》かに声を詰《つ》まらせたものの異論はないらしい。

清廉潔白《せいれんけっぱく》な彼らしい態度で頷《うなず》いて返す。

悩《なや》みの種を一つ解決した焔はドッと疲《つか》れたように座席に腰《こし》を下ろして力なく笑った。

「……………やられた。そういう事ならもっとゲームを楽しめばよかった」

「焔とアルジュナの共通弱点だな。お前たちは真面目すぎる。個々の力が逆方向に秀《ひい》でているのだから、時には何方《どちら》かが一歩引いて戦況《せんきょう》を確認するべきではないか？」

余りにも的確な指摘《してき》に肩を落とす焔とアルジュナ。

本来の二人なら全敗などという醜態《しゅうたい》は在り得なかったはずだ。まだ出会って間もなく連係が取りにくいのもあるかもしれないが、二人の相性《あいしょう》は決して悪いわけではない。

舵《かじ》取りを何方かが間違えなければもっと大きい戦果を出せるはずだ。

「それで、この後はどうする？　反省会をやるなら付き合うが」

「やるやる。アルジュナにはまず負けん気を抑《おさ》える為の講義を――」

その時だった。

壇上がざわつき、観衆が次々と指を差し始める。

「アレを見ろ！」

「白夜叉《しろやしゃ》さまだ！」

「前主権戦争の優勝者・白夜王《びゃくやおう》だ！」

その騒《さわ》ぎに焔たちも視線を集中させる。

壇上に現れたのは白銀の髪を長く垂らした、着物姿の少女だった。

頭上に生やした二本の角を見るに人間ではないのだろう。しかしこの混迷極《こんめいきわ》まる太陽の主権戦争の優勝者にしては余りにも可憐《かれん》すぎる。

………仕草は何処《どこ》となくババくさいが、可憐すぎる。

「そっか。今日はいよいよ大陸に上陸する日だっけ？」

「日程じゃそうなってるな。日替わりゲームも終わったし、ルール説明でも始まるんだろう。――ところでアルジュナ。あの白髪《はくはつ》の子が前回の優勝者なのか？」

「そうです。外見で騙《だま》されてはいけませんよ。あの方は箱庭三大最強種の星霊《せいれい》、その更《さら》に上位種に該当《がいとう》する方。大父神ゼウスも神王インドラもヘブライの主神も……そして我らがインド神群の三大主神も、彼女と話す時は必ず同じ目線の高さに立ったという話です」

うひゃ、と鈴華は身体《からだ》を縮こませた。

同じ目線に立って言葉を交《か》わす様に努めたということは、彼女はその主神たちに同格と認められているということだ。

「そ、それは凄《すご》いね。エジプト神話以外のほぼ全世界の神様から認められてるんだ」

「そうなりますが……鈴華はどの神霊《しんれい》がどの神話の神か分かるのですか？」

「当然！　召喚される前に調べてきたからね！」

「鈴華はこう見えて読書家なんだよ。加えて記憶《きおく》力もいい。俺が〝天の牡牛〟事件の後始末で飛び回ってる間に色々と勉強していてくれたらしい」

「当然！　これでも将来は図書館司書になるのが夢だからね！　鈴華さんはこう見えて、とっても読書家なのだよ！」

エッヘン！　と胸を張る彩里鈴華。彼女は天真爛漫《てんしんらんまん》な一面が誇張《こちょう》されがちだが、此れでも生徒会長兼《けん》学園次席である。分類的には十分に優秀《ゆうしゅう》な人間に区分けされる。

焔はむしろ、彼女の夢について驚《おどろ》いた。

「図書館司書？　何だそれ、初耳だぞ」

「あれ？　焔にも言ってなかったっけ？　私、今建造されてる第三国立国会図書館に勤めるのが夢だって話」

焔はいよいよ以《も》ってびっくらこいた。

第三国立国会図書館と云《い》えば図書館とは名ばかりの日本最大の情報の集積地として作られている研究《けんきゅう》施設《しせつ》兼情報統括局《じょうほうとうかつきょく》だ。

古典、伝統文芸、一般書籍《いっぱんしょせき》、邦楽《ほうがく》、洋楽の様なサブカルは勿論のこと、国が研究している環境《かんきょう》保護《ほご》技術や水質改善技術や製鉄技術なども納められるように作られており、完成すれば東アジアでも屈指《くっし》の超巨大《ちょうきょだい》情報集積地となると予測されている。

環境制御塔《せいぎょとう》の設置が国際的に承認《しょうにん》されるようになれば、事と次第《しだい》によっては焔の粒子《りゅうし》体研究も納められ、研究施設の第一線となるのではと推測されている。

噂《うわさ》ではローマ教皇庁にある秘密文書保管所から記録保持の為に写本が幾《いく》つか移されるという話もあるくらいだ。

鈴華もそれを踏まえた上で言葉を続けた。

「ブラザーの研究の手伝いは流石《さすが》に出来ないからね。かといって彩ちゃんの会社に勤めるのもなんだかなーて。第三国立国会図書館なら同じ施設だし、何かサポート出来ることもあるでしょ？」

「そ、それはありがたいけど……鈴華はそれでいいのか？　別に俺に付き合う必要はないし、やりたいことがあるならソッチを優先した方がいいんじゃ……？」

「うん、それも加味した上での志望ね。考えてもみろよ。孤児院《こじいん》から二人も国立施設勤めが出たら支援《しえん》や援助の幅《はば》が大きくなるし、孤児院も今より手広くカバーできるようになる！　〝エヴリシングカンパニー〟みたいな大きな会社がもっと支援してくれるようになれば〝カナリアファミリーホーム〟その物を大きく出来るかもしれないじゃない！」

両手を広げて野望を語る鈴華に、焔は唖然《あぜん》とした。

しかし呆《あき》れたというわけではない。

むしろ現実的かつ堅実《けんじつ》な方法だと感心してしまった。

孤児院から一人だけ突出《とっしゅつ》した才能と功績を残したとしても、それは施設の功績とは言い難《がた》い。だが二人、贅沢《ぜいたく》を言えば三人以上が高い功績を納めたのなら、其《そ》れは施設全体の評価に繋《つな》がるだろう。

環境制御塔の粒子エネルギー利権に加えて孤児院の評価が高まれば、身寄りのない子供たちにもより多くの将来を、輝《かがや》ける可能性と道を示してやれるかもしれない。

「………凄いな。そんなに先の未来まで鈴華は考えてたのか」

「おうさ！　ブラザーと彩ちゃんばっかりに頼ってたら年長として恥《は》ずかしいもんね！」

ビシ！　と親指を立ててポーズを取る鈴華。

横で話を聞いていたアルジュナは感心しつつも、小首を傾《かし》げて問う。

「若くして人生の指針が決まっているというのは素晴《すば》らしいことです。その夢は是非《ぜひ》大事にして欲しい。――――ところで、二人が勤めようとしている〝図書館〟というのは、それほど価値があるものなのですか？」

「それは………ん、昔の人に説明するのは難しいな。要するに色んな文学や書籍《しょせき》が納められて、それを誰でも自由に閲覧《えつらん》できる施設だな」

「誰でも？　自由に？」

「そう、自由に」

アルジュナはカルチャーショックを受けたように半口を開いて黙《だま》り込んだ。

如何《どう》やら彼の時代では勉学をするにも許可が必要らしい。

研究資料は閲覧させられないが、第三国立国会図書館に納められる書物は申請《しんせい》さえ出せば誰にでも読むことが出来る様になるだろう。

放心していたアルジュナは表情を真剣《しんけん》な物に変えて問う。

「その〝誰でも自由に学ぶ〟というのは………奴隷《どれい》階級も、ということですか？」

「ど、奴隷⁉」

自然に出てきた〝奴隷〟の二文字に思わず目を見張る焰と鈴華。今度は近代の二人がカルチャーショックを受けたように声を上げた。

二十一世紀の最先端《さいせんたん》に生きる二人には〝奴隷〟という言葉は余りにも縁遠《えんどお》い。

高度な民主主義が発達している時代では〝奴隷〟の二文字は余りにも重い。

自由無き命。人権無き命。所有物として扱《あつか》われる命。人類がまだその命の価値を測りかねていた時代に存在した過去の遺物。新時代で最も忌諱《きい》される制度の一つ。

その〝奴隷〟の二文字を彼は事も無げに口にした。

不穏《ふおん》な空気を感じ取ったアルジュナは慌《あわ》てて手を振《ふ》って補足する。

「し、失礼しました。二人の時代だと奴隷制度は撤廃《てっぱい》されているようですね。気を悪くしたのなら謝ります」

「い、いや、此方《こちら》こそ悪かった。アルジュナの時代じゃ奴隷が居て当たり前だもんな。大昔の階級社会じゃ誰もが同じ知識を得られたり教育を受けたりするのは考えられないし」

「………はい。俺のよく知る人間にも一人、身分の為《ため》に十分な教育を受けることが出来なかった者がいた。偏狭《へんきょう》な価値観の為に才ある者が学ぶ機会を与《あた》えられないのは後の遺恨《いこん》にも繋がる。その図書館というものを作った人物は、人間の持つ可能性を広げたかったのかもしれません」

大仰《おおぎょう》な感想に苦笑いする鈴華だったが、アルジュナは至って真剣だ。

焔はその真剣な表情から、彼の語る〝差別で教育を受けられなかった知人〟が誰なのかを察する。

アルジュナがこの様な表情で語る時は――――何時《いつ》も、彼の兄の事だったからだ。

「……まあ、勉強する上では便利な文化ではあるな。一番古い図書館っていうと、アレクサンドリア大図書館だっけ？　何時の時代だ？」

「紀元前三〇〇年だから、二人の時代にはまだ図書館はないね。――――ああ、そうそう。確か次の舞台《ぶたい》の〝失われた大陸〟、アトランティス大陸について初めに書かれた書物が納められていたのも、そのアレクサンドリア大図書館だよね」

ほう？　と全員の目つきが変わる。

第一回戦の舞台であるアトランティス大陸――――其れはかつてギリシャ世界に存在したとされる幻《まぼろし》の大地の一つだ。伝承では、近代にも負けぬほど超《ちょう》高度発展した文明を誇《ほこ》った大国が存在し、世界を脅《おびや》かすほどの軍事力を備えていたと伝えられている。

其れを危険に感じたギリシャ神群の主神ゼウスによって、アトランティス大陸は海の底へ沈《しず》められたというのが通説だ。地政学に興味がある人間ならば、アトランティス大陸やムー大陸、レムリア大陸などの幻の大陸について一度は調べているだろう。

焔も環境制御塔の建設地域候補を議論している中で地政学者からさわりだけ聞いたことはあったが、詳細《しょうさい》については把握《はあく》していない。

「鈴華。アトランティス大陸についても何か調べたのか？」

「偶然《ぐうぜん》ね。ほら、ニュースでやってたでしょ？　アトランティス大陸についての資料が最近、ローマ教皇庁から公開されたって」

ローマ教皇庁の秘密文書保管所は紀元前に存在した石板や書籍などの記録媒体《ばいたい》も納めている最大の古典図書館だ。

本棚の総延長は八十四㎞を超《こ》え、現代でも様々な都市伝説を抱《かか》えている施設である。

しかし近年では一部の資料を電子書籍化することで保存・公開することもあるという。

鈴華が見たという資料はその一部だろう。

最近になって明かされた資料ならば、焔たちが独占《どくせん》できる情報があるかもしれない。

「そういえばドイツのニュースでも流れてたな……クレタ島の病原菌《きん》特番と一緒《いっしょ》に流れていた気がする」

「うん。確か紀元前四〇〇年～三〇〇年ぐらいに書かれた、哲学《てつがく》者プラトンの本だよね？　何でも著者の直筆の石板が保存されていたらしいよ」

サラリと紡《つむ》がれる爆弾《ばくだん》発言。

予想外の情報に、今度は全員が顔を見合わせた。

アステリオスとアルジュナは思わず声を上げる。

「直筆ということは……神話伝承の原本ということか!?」

「そ、それは凄い情報源だ。出題されるゲーム内容と鈴華の機転次第では、早急《さっきゅう》に勝利を確定させることも十分に在り得ます」

神話伝承の原本に目を通したということは、ゲームの解答そのものに目を通したに等しい行為《こうい》だ。偶然の出来事とはいえ情報源としてはほぼ最高の物である。

予想外に期待値を高めてしまった鈴華は慌てて両手を振る。

「あ、いや、原本と言ってもまだ翻訳《ほんやく》中だからね？　あと私の翻訳だから期待しないでね？　ほら、翻訳って翻訳者の主観が絡《から》んでくるのがお約束だし！」

翻訳された本文には必ず翻訳者の主観が沁《し》み込んでしまう。

異なった文明圏《けん》の言葉を理解し合う為の作業なのだから、ある程度は仕方がない原罪だ。伝説が多岐《たき》に亘《わた》って様々な内容で構築されてしまうのは正にこれが原因である。

だが原本を読んだというアドバンテージは揺《ゆ》るがない。何せ正真正銘《しょうしんしょうめい》の真実が其処《そこ》には書かれているのだ。

鈴華の持つ情報は箱庭の中でも唯一無二《ゆいいつ》の物となるだろう。

「この件は俺たちだけの秘密だな。後で鈴華から詳《くわ》しく聞かせて貰《もら》うとして………アステリオスからは何かないか？」

「俺から？　――ああ、ギリシャが舞台だからか。悪いが特筆すべきことは特にないな」

そうか、と少し残念な焔。その反応が意外だった。鈴華は先ほど〝アトランティス大陸が出典する原本は紀元前四〇〇年～三〇〇年の間に書かれた〟と口にした。

だがアステリオスが生きた時代は其れより一〇〇〇年以上も前だ。

アトランティス大陸が実在していた大陸だというのならアステリオスにも無関係ではないかもしれないが――消失大陸と呼ばれるような大陸は聞いたことが無い。

当時最大の海洋国家の一つだったミノアの王子が知らないなら、同じ時代の誰《だれ》に聞いても知らないだろう。

アステリオスはやんわりと首を横に振った。

「すまないが、ミノタウロスとアトランティス伝承では時代背景が合わない。ただ大陸の散策を開始したら何か思い出すかもしれない。その時になったら声をかける」

「オーケー、了解《りょうかい》した。彩鳥には俺から伝えておく」

………ん？　と、辺りを見回すアステリオス。

彼は今になって漸《ようや》く彩鳥がいないことに気が付いた。

「そういえば彩鳥は何処《どこ》に行ったんだ？　ゲームには参加しなかったのか？」

「彩ちゃんはカードゲームとか弱いからねー。手札が顔に出るし引きも弱いし。応援席《おうえんせき》で待つって言ってたけど、なんか途中《とちゅう》からスカハサって人に拉致《らち》されていったよ」

拉致られたとは尋常《じんじょう》ではない。

それにスカハサとは彼女の師匠《ししょう》筋に該当《がいとう》する人物ではなかったか。

アルジュナは難しそうな顔をする。

「……大丈夫《だいじょうぶ》なのですか？　著名な導師《グル》と聞いていますが、ケルト神群は個人の強さを何より重んじる習慣があります。彼女も無茶な修行《しゅぎょう》をさせられるのでは……？」

「そんなことないと思う。この数日でスカハサさんから神話の解釈論《かいしゃくろん》について講義を受けてたけど、話に聞くよりは常識的な人だったし——って、ちょっと待った。壇上《だんじょう》で何か始まるみたいだぞ」

焔は話を切って壇上を指さす。

如何やらイベントの準備が終わったらしい。

白夜王と黒ウサギが壇上の中心に立つと、ウサ耳を伸《の》ばして黒ウサギが宣言をした。

『それでは此《こ》れより！　主権戦争の第一舞台・アトランティス大陸に上陸を開始します！

参加者の皆《みな》さん及《およ》び関係者の皆様は一枚目の〝契約書類《ギアスロール》〟をお手元にご用意ください！』

精霊《せいれい》列車の各所に黒ウサギの声が響《ひび》く。

如何やら本格的なゲームの説明が始まるらしい。

〝ラプラスの瞳《ひとみ》〟で映写された彼女の姿を拍手《はくしゅ》で迎《むか》えた乗客たちは、一斉《いっせい》に手元のギアスロールを開いて書面に目を通す。

今まで空白だった部分に文章が浮《う》かび上がると、西郷焔たちはその文面に目を通した。

Last Embryo

『――太陽の主権戦争　～失われた大陸編～　――

※太陽主権入手条件

①参加者同士の任意譲渡《じょうと》（ゲームによる自由対戦を含《ふく》む）

②別紙の大陸地図に記載《きさい》されたゲームを解き明かし進めよ。

③尚且《なおか》つ、最も神魔《しんま》の遊戯《ゆうぎ》に相応《ふさわ》しい行動をした者に授与《じゅよ》。

④　（後日記載）

※大陸内禁止事項欄《じこうらん》

①参加者はアトランティス大陸から脱出《だっしゅつ》してはいけない。

②参加者が脱出を試みる場合は勝利条件の謎《なぞ》を解く必要あり。

③参加者は大陸内で参加者を殺害してはならない。

※大陸の上陸順番について
精霊列車内で最も多くゲームで勝利した者は上陸する場所を選択《せんたく》できる。

上陸した者は各自の判断・自己責任で開催《かいさい》期間である二週間を過ごして良い。

※第一回戦勝利条件
幾重《いくえ》に重なり合った星を辿《たど》り、古き英雄《えいゆう》を訪ね、大父神宣言の謎を暴《あば》け。
太陽主権戦争進行委員会　印』

＊

精霊列車の中が瞬《またた》く間に静寂《せいじゃく》に包まれていく。

羊皮紙が細かに擦《こす》れ合う音。風を切って奔《はし》る音。海飛沫《しぶき》が弾《はじ》ける音しか聞こえてこない。

発表された詳細を読むのは何も参加者たちだけではない。

主催者《しゅさいしゃ》、出資者、そして太陽の主権戦争を一目見ようと募《つの》った観客たち。

西郷焔《さいごうほむら》たちが車外のテラスで漸く開示されたルール概要《がいよう》を読み込む中――壇上の白《しろ》夜王《やしゃ》が、扇《おうぎ》を広げて呵々《かか》と笑った。

『皆の者！　真剣《しんけん》に読み込んでおるところすまないが、今回のゲームルールは羊皮紙に書かれているルールだけが全《すべ》てではない！』

『ＹＥＳ！　黒《くろ》ウサギから、太陽主権戦争の特別ルールをお話しさせていただきます！』

シャキン！　とウサ耳を伸ばす黒ウサギ。

羊皮紙を取り出した彼女は、右隅《みぎすみ》にある五つの太陽のマークを指さした。

『既《すで》にご存知とは思いますが、今回の舞台《ぶたい》には〝参加者《プレイヤー》〟の他《ほか》、〝出資者《スポンサー》〟という後援《こうえん》コミュニティがございます！　此方《こちら》の太陽のマークは出資者に関連した物でございます！』

後援コミュニティ――物は言い様だと誰かが笑う声がする。

太陽の主権戦争は本来なら最高位の神霊《しんれい》・星霊《せいれい》・龍種《りゅうしゅ》がその覇《は》を競《きそ》い合う最大級の戦いだ。かつて行われた主権戦争は、星々を砕《くだ》き、物質界の積量を定め、最後は調和と調律を世界に齎《もたら》したと伝えられている。当時は〝ギフトゲーム〟という概念《がいねん》も無かったというのだから、その戦いの規模は最早《もはや》計り知れない。

その様な規模の戦いを今一度引き起こせば、安定した世界が乱れるのは必定だ。

其処で取り決められたのが〝参加者〟と〝出資者〟の区分けである。

白夜王《びゃくやおう》は扇をヒラヒラと振《ふ》りながら不敵に笑い、

『〝出資者〟たる修羅《しゅら》神仏が、人間たちの後援を行う代理戦争――其《そ》れが〝参加者〟と〝出資者〟の支援《しえん》システムだの。だが其れだけでは〝出資者〟達が退屈《たいくつ》で死んでしまう。私も暇死《ひまし》するでな！　其処で考えられたのが、今回の特別システムである！』

『YES！　参加者の皆様はご存じだとは思いますが、出資者としてゲームに参加される方々は正真正銘の修羅神仏！　その力は物質界に於《お》いても比類なきもの！　其れを如何《いかん》なく振るう為《ため》の権限――〝代行者権限《ゲストマスター》〟が、全ての参加者に与《あた》えられます！』

黒ウサギの宣告に、参加者たちは一斉にその耳を傾《かたむ》ける。

〝代行者権限《ゲストマスター》〟――本来なら舞台に立つことの無い神仏の出資者たちの力、或《ある》いは本人を召喚《しょうかん》してゲームを優位に進める権限だと黒ウサギは語る。

強大な力を持つ〝出資者〟が力を貸すことが出来るのであれば、たとえ普通《ふつう》の人間であっても、最悪の窮地《きゅうち》を切り抜《ぬ》ける事が可能だろう。

『当然ですが、無制限というわけではありません！　ゲーム内で〝出資者〟たちが力を貸すことが出来る限界は存在いたします！　此れらは各陣営《じんえい》で異なりますので、別紙にある〝代行者権限《ゲストマスター》〟の使用説明書をよくお読み下さい！　――それでは続きまして、観戦マナーのご案内を――』

参加者たちへの説明を終えた黒ウサギは次の説明に移っていく。

如何やら聞くべきことは聞き終えたらしい。

西郷焔たちは机の上のフライドポテトを齧《かじ》りつつ少し難しい顔をした。

「〝代行者権限《ゲストマスター》〟……そういうのもあるのか」

「私たちのスポンサーは女王様だね。どんな援助があるんだろう？」

「到着《とうちゃく》したら一度使ってみるのもいいかもな。いざという時に使えないと困る」

戦闘《せんとう》能力がほぼ皆無《かいむ》の二人には、この〝代行者権限《ゲストマスター》〟が生命線となるだろう。

女王ほど巨大《きょだい》な力を持つ出資者が付いている以上、その支援は強力なはずだ。……これで残念な支援だったらいよいよ以《も》ってボイコットするのも吝《やぶさ》かではない。

とはいえ漸く明らかになっていくゲーム内容に、二人の声も明るいものとなっていく。

「問題は勝利条件だねえ。どういう意味なんだろ？」

「〝幾重に重なり合った星を辿り、古き英雄を訪ね、大父神宣言の謎を暴け〟――か」

「〝大父神〟とはゼウスの事でしょう。ギリシャ神話が舞台ですし間違《まちが》いないかと」

アルジュナが補足する。文明圏《けん》が違《ちが》う彼らでもゼウスの名は知っている。

ギリシャ神群の主神ゼウス――数ある主神の中で最も有名な主神の一人だろう。

力の象徴《しょうちょう》である雷霆《らいてい》を携《たずさ》え、正義と秩序《ちつじょ》と天空を司《つかさど》る比類なき神霊。

人類がまだ都市国家を形成して生活していた紀元前の時代から信仰《しんこう》されている神霊の一人でありその起源はかなり古い。印欧《いんおう》世界に於ける〝神霊《ディーヴァ》〟を語源に持つほどの長い歴史を持つゼウスは、その歴史の数だけ子孫が存在する。

「偉大《いだい》な神霊ではありますが、好色の神としても有名ですね。神霊・人類を問わす様々な女性と肉体関係を持っていたという神だ」

「おおう。スケベな神様だ！」

「ダメ男って意味でも釈天《とくてる》の奴《やつ》と気が合いそうだな」

現代っ子二人からの痛烈《つうれつ》な評価にアルジュナとアステリオスは苦笑いを浮かべる。

「ちなみに我が父、ミノス王もゼウスの息子《むすこ》だ。時期としては英雄ペルセウスとほぼ同時期の兄弟になるな」

「へえ？　意外な事実だ。ペルセウスって、あのペルセウス座の英雄だよな？」

「そのペルセウスで間違いない。あの辺りの歴史は世界ごとにやや事実が前後する為に混乱を招くが、時系列が違っても事象列の結果が変わらないのなら問題は無い」

事象の最終結果が変わらないのなら、如何《いか》なる改変があったとしても矛盾《むじゅん》は起きない。

人類史の許容量は狭《せま》いようで意外に広い。

戦勝国と敗戦国が入れ替《か》わるような事態は受け入れられないが、被害《ひがい》国と加害国を入れ替えるぐらいの幅《はば》は許容できてしまうのが人類史という器《うつわ》である。

「でも抽象的《ちゅうしょう》なゲームルールだなー。二週間の間で勝利条件の謎を解きつつ、現地で主権を奪《うば》い合えってこと？」

「いや、それは違うんじゃねえか？　よく読み直してみろよ。別紙の大陸地図に載《の》ってるゲームをクリアしていけって書かれてるだろ？」

西郷焔に催促《さいそく》されて文面を読み直す鈴華《すずか》。

アルジュナは険しい瞳で同意する。

「別紙の地図……こちらですね。尺度から鑑《かん》みると大陸ほどの大きさは無い様ですが」

「だけど日本列島の面積の五倍はあるぞ」

「うひゃー骨が折れそう！」

「二週間しかないし、散策する地域を絞《しぼ》った方がいいかもな。――――おい見ろ、地域ごとに名称《めいしょう》が書かれているぞ」

焔たちは二枚目の羊皮紙を広げ地図に書かれている文字や記号に目を通していく。地図に浮かび上がってきた文字を、焔は素早《すばや》く他の用紙に書き写す準備をする。

前触《まえぶ》れなく消えるようなことは無いと思うが、このゲームの主催《しゅさい》は人間とは感性の違う神様である。万が一の事態に備えておくのは無駄《むだ》にならないだろう。

「鈴華《りようかい》。俺が書き写すから読み上げてくれ」

「了解！」

鈴華はすかさず応《こた》えて地図を手に取り主要な地域の名前を読み上げていく。


東の〝サントリーニの迷路《ラビリンス》〟。

北の〝牛飼いたちの放牧場《ファーム》〟。

南の〝オレイカルコス鉱山《マイン》〟。

西の〝ヘラクレスの石柱《ピラー》〟。


その他にも幾《いく》つか記載があるが、特別に大きな文字で書かれているのはこの四つだろう。

二人が読み書きしている間に、アルジュナは隣《となり》のアステリオスに問いかける。

「今回のゲームですが、俺は謎解《なぞと》きにはついていけそうにない。文明圏が違いすぎます。俺は戦闘に専念するから、アステリオスは二人を守ってやって欲しい」

「構わないが……一人で戦うつもりか？」

問題ない、と気負いなく頷《うなず》く。アステリオスは思わず苦笑いした。

戦士階級《クシャトリヤ》である彼は戦いこそが本分であり宿業《カルマ》である。

だが精霊《せいれい》列車で開催されたゲームの戦績を鑑みると、「この大英傑《だいえいけつ》、実はポンコツなのでは？」と疑念を抱《いだ》いてしまうのは致《いた》し方ない事だろう。

そんな視線を感じたアルジュナは心外そうに眉《まゆ》を歪《ゆが》めるものの……戦績が戦績だ。

言い返すことはせず、少し棘《とげ》のある声で焔たちにも問うた。

「焔と鈴華も、それで構いませんね？　戦闘行動に入れば後は俺に任せて貰《もら》います」

「オッケーオッケー。むしろその方が助かるよ」

「私と焔は喧嘩《けんか》になったらすぐ逃《に》げるんで、アルジュナ君にはめっちゃ期待してるぜ！」

ビシッ！　と親指を立てて宣言する焔と鈴華。

二人からの厚い信頼《しんらい》に気を良くするアルジュナ。

この分かりやす過ぎる戦士にやや呆《あき》れたが、此《こ》れでもインド神群で最強の英雄である。

一つの神群で最強の座に昇《のぼ》り詰《つ》めるのは並大抵《なみたいてい》のことではない。いざ戦闘が始まれば、アルジュナの戦いについて来られるのは彩鳥《あやと》ぐらい――――いや、

「焔。もう一人、お前たちと共に召喚された女性が居たな。アイツは何者だ？」

「女の人？」

「上杉《うえすぎ》さんの事じゃない？　あの人なら釈天の同僚《どうりょう》だよ」

御門釈天《みかどとくてる》――帝釈天《たいしやくてん》の同僚ということは、仏門関係者という事だろうか。見たところ神格保有者か其れに近しい存在である様に思えたが、戦力に数えていいのなら心強い。

「女王騎士、神格保有者、そしてインド神群最強の戦士か。こうして並べてみると俺たちの陣営も中々に強力じゃないか？」

「おうさ！　優勝狙《ねら》っちゃうぜ！」

鈴華がはしゃぐ隣で、複雑そうに視線を逸《そ》らすアルジュナ。

其処《そこ》でふと気になっていたことを口にした。

「………そういえば、俺たちのコミュニティに名前は無いのか？」

「名前？」

「ああ。箱庭のコミュニティには必ず〝名《ブランド》〟と〝旗印《シンボル》〟が与えられる。〝クイーン・ハロウィン〟は女王のコミュニティであって、お前たちの陣営の名ではないだろう？　何か呼び名が無いと不便じゃないか？」

初めてコミュニティについて指摘《してき》され、焰と鈴華が顔を見合わせる。箱庭に来た時に黒ウサギから説明を受けては居たが、自分たちがコミュニティを作るという発想が無かった。永住することが無い二人にとっては無用の長物だと思っていたからだ。

アステリオスはテーブルに備え付けられていたペンと紙を手に取り、

「コミュニティを設立して名が売れるようになれば、外界に居ても様々な恩恵《おんけい》を受けられる。焔の研究が認められれば祖霊崇拝《それいすうはい》の概念が強い日本だと神格化されることもあるぞ」

日本は昔から祖霊を奉《たてまつ》る文化があり、この文化を祖霊崇拝と呼ぶ。

此れは世界的にもよく見られる文化であり、死んだはずの故人が死後に神霊《しんれい》として箱庭に召喚されるのは、この祖霊崇拝の概念によるものである。

上杉謙信《けんしん》なども死後に神霊として祀《まつ》られている武将の一人だが、彼女は毘沙門天《びしゃもんてん》の化身《アバター》として顕現《けんげん》しているのでまた別の案件なのだろう。

「祖霊として次の生を、ねえ」

箱庭で名前を売ることの意味を教えるアステリオス。

だが焔は乗り気ではないように後ろ髪《がみ》を掻《か》く。彼としては研究者として人生を全《まっと》うするつもりなので、余り魅力《みりょく》的な話には聞こえないのだろう。

それに後代で語られるのが良い評判だけとは限らない。

星辰粒子体《せいしんりゅうしたい》の今後次第《しだい》では、途方《とほう》もない悪評を得ることも考えられるだろう。

片肘《かたひじ》を突《つ》いてやる気なく考えていた焔だが――唐突《とうとつ》に顔を上げ、表情を変えた。

「待った。それって、他人の名前を使ってもいいのか？」

「うん？　別に問題は無いと思うが？」

「そうか。なら……コミュニティの名前に使われた人を〝祖霊〟として召喚することは？」

複雑な召喚《しょうかん》方法に首を傾《かし》げるアステリオス。彼は専門家では無い為《ため》、それが可能かどうかの判断が出来ない。専門外のアルジュナも沈黙《ちんもく》したまま話を聞いている。

しかし焔の言いたいことを理解した彩里《あやざと》鈴華だけは、同じように表情を変えた。

「焔。それってまさか、」

「先輩《せんぱい》！　鈴華！　此処《ここ》にいたんですね！」

彼女の声を遮《さえぎ》るように切迫《せっぱく》した彩鳥の声が届く。

その隣には今日の日替《ひが》わりゲームの勝者である春日部耀《かすかべよう》も居た。

人混《ひとご》みを掻き分けて焔たちの元にやってきた彼女は、その手に携帯電話《けいたいでんわ》を持って駆《か》け寄ってくる。

「さ、捜《さが》しました……！　ルール説明が既《すで》に始まっていたとは露知《つゆし》らず、車内までの道のりが大混雑していて……！　春日部さんに手伝って頂いて漸《ようや》く合流できました」

「そ、そうか。随分《ずいぶん》回り道させたな」

「うちの後輩《こうはい》がお世話になりました！」

「いいよ別に。私も暇《ひま》してたから」

〝階層支配者《フロアマスター》〟である春日部耀は参加者でもあり、主催者側《しゅさいしゃ》でもある。

簡単なルール説明は聞くまでもない事だったのだろう。

「それで、どうしたんだ？　急ぎの用事に見えたけど」

「は、はい。実は先輩のお兄さんから女王に連絡《れんらく》があったらしくて……！」

「イザ兄から？」

「十六夜《いざよい》から？」

焔と耀が同時に声を上げる。前者は身内として、後者は同士としてだろう。

特に春日部耀としては深刻な仲間不足が続いているのだ。連絡が取れるのならば取りたいし、出来れば文句の一つも言ってやりたいに違いない。

耀は小首を傾げながら不満げな顔をしている。

「十六夜、いま何してるの？　焔に雇《やと》われてるらしいけど、詳《くわ》しい話を聞きたい」

「すいませんが極秘《ごくひ》の話です。教えられることも少なくて……ただまあ、悪の組織を追って戦っているということにしておいてください」

――うん？　と、真剣《しんけん》に首を傾げる春日部耀。

虚実《きょじつ》の判断がつかなかったのだろう。彼女の知る十六夜ならば、悪の組織との戦いに夢中になっていることも十二分に考えられるからだ。

逆廻《さかまき》十六夜は現在、西郷焔の依頼《いらい》で南米のブラジルに飛んでもらっている。星辰粒子体を悪用し〝天の牡牛《おうし》〟や疑似《ぎじ》天然痘《てんねんとう》を撒《ま》き散らした組織との関係性を探《さぐ》るためにアマゾンの樹海を調査するよう依頼したのだ。

その経過報告だろう。女王の力ならば異世界でも電波を飛ばすぐらい訳もない。

彩鳥が焔に携帯電話を渡《わた》すと、彼が操作するより早く自動でダイヤルが回り始めた。慌《あわ》てて耳元に寄せる。メモを取れる様にアステリオスからペンと紙を貰う。

数秒の間の後、通話相手が着信に出た。

『……焔か？』

「ああ。どうした急に。アマゾンで何か見つけたか？」

『見つけたぜ。大当たりだ。〝天の牡牛〟が作られたのはアマゾン樹海で間違《まちが》いない。証《しょう》拠《こ》も押収《おうしゅう》した』

予想以上の成果に息を呑《の》む。まさかこんな短時間で証拠となる品まで見つけて来るとは思っても居なかったからだ。それが本当なら〝エヴリシングカンパニー〟が独自に動かずとも、国連に調査団を派遣《はけん》させる口実にもなる。

だが十六夜の声には普段《ふだん》ほどには余裕《よゆう》が感じられない。アクシデントの気配を察した焔もすぐには喜びの声を上げず慎重《しんちょう》に状況《じょうきょう》を問いかける。

「流石《さすが》はイザ兄とプリトゥさんだな。任せた甲斐《かい》がある……それで、その報告は〝エヴリシングカンパニー〟にも通っているのか？」

『悪いがまだだ。報告が出来る状態じゃないし、証拠を〝エヴリシングカンパニー〟に渡せる状況に無い。………いや、証拠がその状態じゃない』

証拠が引き渡せる状態じゃない。逆廻十六夜の報告に、焔は心臓が軋《きし》むのを感じた。

同時に焔は最悪の事態を想定する。

「イザ兄。――――何を見つけた？」

『アマゾン樹海で、星辰粒子体の実験体を確認《かくにん》した』

やはり最悪だった。そして殿下《でんか》とエドワードの推測が正しかったことが此処に証明された。星辰粒子体を悪用している組織は人体実験を行う事で劇的な成果を上げていたのだ。

〝天の牡牛〟を作り出す実験の核《かく》にされたのがその実験体で間違いない。

焔は表情に出ないよう大きく息を吸って呼吸を整え、小声で質問を繰《く》り返す。

「イザ兄。その実験体っていうのは………人間なんだな？」

『ああ』

「生きてるのか？」

『ああ。四日前に保護した。だけど衰弱《すいじゃく》したまま熱が引かない。俺たちだけじゃどう対応していいかわからない』

それで焔に連絡したのだろう。十六夜だけでは実験体にどう対処すればいいのか判断がつかない。すぐに焔は手帳を取り出して現地で対応できるスタッフの名簿《めいぼ》を漁《あさ》る。

だが不意にその手を止めた。

焔が箱庭に来ていることは十六夜も承知のはずだ。それに四日もあったのならば、他《ほか》にも連絡するべき相手は居たのではないか。

十六夜は傲岸不遜《ごうがんふそん》な人物ではあるが、自身に可能なことを見誤る人物ではない。

では何故《なぜ》、四日も連絡が遅《おく》れたのか。

焔は蒼白《そうはく》になって問いかける。

「イザ兄……まさかお前、箱庭に召喚されてるのか⁉」

『そのまさかだクソッタレ。俺が出会った粒子《りゅうし》体の実験体が二人いたんだが……一人は幼女で高熱の重態。もう一人は〝アヴァターラ〟に乗っ取られて所在不明だ』

ガンッ‼ と、机を焔は蹴《け》り飛ばした。

周囲の者たちはその様子に只《ただ》ならぬ事態を感じ取る。物に当たるとは彼らしくないが、そうでもしないと感情を処理しきれなかった。

西郷焔はこの数日間――〝アヴァターラ〟所属の少年たちと、交友を深めていたのだから。

「……… 〝アヴァターラ〟。星辰粒子体を悪用していたのは、アイツらなのか？」

『まだ断言はできない。決断は後だ。到着《とうちゃく》日時を教えてくれ』

十六夜の声は余裕が無い。現場がどれだけ切迫しているのか推《お》し量るには十分すぎた。

焔は水平線の向こうに視線を向ける。まだアトランティス大陸は見えてこない。すぐに到着するようには見えない。

会話の内容が聞こえていた春日部耀がすかさず答える。

「精霊《せいれい》列車が大陸に到着するまであと三時間ってところだと思う。ただ焔たちは降車地域を指定できないし、順番も最後になる」

「な、何でですか⁉」

「ゲームルールに書いてあるよ。降車地域を指定できるのは日替わりゲームの上位だけ。降車は順位順。君たち、日替わりゲームで全敗だったよね？」

うっ、と全員が言い淀《よど》み視線を逸らす。

主にアルジュナが視線を逸らす。

まさかこんなところで全敗が枷《かせ》になるとは思わなかった。

「降車地域を指定できるのは一位の〝ユグドラシル〟、二位の〝アヴァターラ〟までだ」

「そ、そうでした。……悪い、イザ兄。どう考えても今日中は無理だ。明日も難しい」

『なるべく早く合流したいが仕方ねえ。俺たちは今——大陸東側の廃墟《はいきょ》にいる』

「分かった。俺も出来る限りの用意はしてみるから、その実験体の子は安静にさせておいてくれ」

『了解《りょうかい》。最悪の場合は耀を頼《たよ》れ。貸しは俺のツケでいい』

焔も了承《りょうしょう》した様に頷《うなず》き、通話を切る。

同時に頭を抱《かか》えた。十六夜の話では保護してから既に四日経《た》っている。今から急いでも最速で二日。実験体の少女の容態を鑑《かんが》みるに間に合わない可能性が高い。

焔は思い悩《なや》んだ挙句、勢いよく立ち上がってアルジュナの襟首《えりくび》を摑《つか》んだ。

「付いて来いアルジュナ！　お前たちに話がある!!」

「ちょ、何を藪《やぶ》から棒に!?」

引っ張られるまま連れていかれるアルジュナ。恐《おそ》らく彼は粒子体について何も聞いていないのだろうが、参謀《さんぼう》であるジン＝ラッセルはそうもいかない。

彼は必ず何かしらの情報を手にしているはずだ。

もしも星辰粒子体を悪用しようとしている組織が〝アヴァターラ〟であるならば、この数日間の交友は彼らの諜報《ちょうほう》活動だったということになる。

人混みを掻き分けて精霊列車の下層に走り降りていく。

ジン＝ラッセルが席を予約していたのはラウンジの奥にある個室だ。

呼吸を荒《あら》くして一直線に駆け下りた西郷焔は、彼らの部屋の扉《とびら》に無断で飛び込んだ。

「ジン！　ジン＝ラッセルは居るか⁉」

突然《とつぜん》飛び込んできた焔に集まる視線。明らかに敵意が込められていたが、その威圧《いあつ》も今は気にならない。

紫煙漂《しえんただよ》うラウンジの奥の部屋に陣取《じんど》った彼ら――〝アヴァターラ〟の同士は計七人。

本来なら一〇席ある太陽の化身《けしん》が座る筈《はず》なのだが、今は仮初《かりそ》めの同士たちがその席に座っている。皆《みな》それぞれに偉容《いよう》かつ異様な姿を持つ彼らは魔王《まおう》に比肩《ひけん》する参加者であり出資者たちだ。

その中で上座に座る者――ジン＝ラッセルは、悠々《ゆうゆう》と焔を見据《みす》えて笑いかけた。

「やあ。そろそろ来る頃《ころ》だと思っていたよ」

「………へえ？　それはどういう意味だ？」

「言葉の通りだよ。十六夜さんと連絡が付いたんだろ？　なら僕らの元に来るのは当然だからね」

背凭《せもた》れに身を預けたまま静かに笑うジン＝ラッセル。

彼は大陸の地図を取り出すと――厳《おごそ》かに話を切り出した。

「到着まで時間がある。君には聞いて欲しい話が沢山《たくさん》あるんだけど……そうだな。まずは君の知らない事件の裏側。白皮症《アルビノ》の実験体たちについて語ろうか」

第四章

Last Embryo

――幻想《げんそう》大陸アトランティス・首都遺跡《いせき》群。

南国の気候にも似た熱い日差しの下で、逆廻十六夜《さかまきいざよい》は西郷焔《さいごうほむら》と通話を終えた。

密林のアマゾン樹海に比べればまだ涼《すず》しいぐらいだが、それでも日本人の十六夜にこの暑さは心地《ここち》好《よ》いモノとは言い難《がた》い。

潮風の吹《ふ》く遺跡群を宿にし、南国特有の大葉の植物を敷《し》いて凌《しの》いでいる。隣《となり》で寝《ね》ている白皮症《アルビノ》の少女に上着を貸している十六夜は現在、薄《うす》いシャツ一枚しか着ていない。

大葉で軽く扇《あお》ぎながら、十六夜は忌々《いまいま》しげに呟《つぶや》いた。

「……此処《ここ》がアトランティス首都、か。伝承とはかなり違《ちが》う場所に作られたんだな」

首都アクロポリス――アトランティス最大の水の都。超《ちょう》高度発展した水の都として知られ街中には至る所に水路が張り巡《めぐ》らされていたという。当時の西欧《せいおう》諸国には伝播《でんぱ》されていなかった筈の灌漑《かんがい》による田園を構築していた説もあり文明の高さを窺《うかが》わせる。

この四日間で遺跡の簡単な見取り図を作った十六夜はその図を睨《にら》みつつ推理を始める。

（あの時代に灌漑技術を所有していて、尚且《なおか》つギリシャ圏《けん》に隣接《りんせつ》している地域……とななると、中東諸国とエジプトだな）

比較《ひかく》的に空気が乾燥《かんそう》していた古代ギリシャでは乾燥農業が発達し、気候が安定している西欧では主に二圃《にほ》式農業が採用されていた。だが哲学者《てつがく》プラトンの残した文献《ぶんけん》の中には、アトランティス大陸では灌漑農業を行っていたと推測される文章が散逸《さんいつ》していたはずだ。

農業跡《あと》から文明圏がわかれば、大陸の元々あった地域がわかる。

となると、あと必要なのは物証である。

農耕文化の立役者であるプリトゥヴィ＝マータならば、どれだけ時間が経過していても遺跡内に灌漑農業の痕跡《こんせき》を見つけられるはずだ。

もし此《こ》れで都市の近隣《きんりん》に灌漑農業の痕跡が発見されれば、文明圏からアトランティス大陸の元々あった地域を特定することが出来るはずだ。

「早く帰って来ねえかなーと……ん？」

不意に、十六夜の左手をアルビノの少女が摑んだ。昏倒《こんとう》していた意識が戻ったのかと思ったが、そういうわけではない。少女は虚《うつ》ろな瞳《ひとみ》のまま、必死に十六夜の手を摑み、

「……あつい……たすけ、て……！」

「────、」

「私……死にたく、ない………！」

ギュッと握り締《し》め、少女は命を絞《しぼ》る様に〝助けて〟と叫《さけ》んだ。まだ意識が混濁《こんだく》していて十六夜が何者か分かっていないのかもしれない。……いや、それだけではなかった。

実験体であるこの少女は、そもそも身寄りがない。世界の誰《だれ》とも縁《えん》がないのだ。

人を人とも思わぬ地獄《じごく》の片隅《かたすみ》で震《ふる》えていた彼女は、夢の中でもまだ地獄にいる。

地獄しか知らない彼女には──夢の中でさえ、地獄以外に行き場がないのだ。

そんな少女に、十六夜は額に手を置いて笑いかける。

「安心しな。お前は俺が助けてやる」

「………ほんと……？」

「ああ。だからゆっくり寝《ね》てろ。それこそ、世界一の大船に乗ったつもりでな」

十六夜の言葉を受けて安堵《あんど》したのか、アルビノの少女は混濁した瞳を閉じてまた静かに眠《ねむ》る。瞳に浮《う》かんだ涙《なみだ》を拭《ふ》いてやると、丁度いいタイミングでプリトゥの声がした。

「おーい、十六夜！　お望みの痕跡を見つけたぞ！」

「流石は農耕の女神《めがみ》様。仕事が早いな」

十六夜が顔を上げると、其処《そこ》には目に優《やさ》しい姿の女神がいた。

　外界で服をボロボロにされてしまった彼女は現在、破れた服を繋《つな》ぎ合わせて胸元《むなもと》だけを隠《かく》した軽装をしていた。足の丈《たけ》も太腿《ふともも》までを大胆《だいたん》に千切り眩《まばゆ》い褐色《かっしょく》の素足《すあし》を晒《さら》していた。

　破れた布は白皮症の少女の身の回り品として使わせてもらっているが、別段何か神様の加護があるというわけでもない只の衣服である。

　世俗《せぞく》に染まりすぎじゃないかこの十二天、とツッコミを入れたくもなるが今はそれどころではない。場合が場合だけにじっくり鑑賞《かんしょう》している暇《ひま》がないのが残念だが、この非常時のオアシスとして用法と用量を守って適切な量だけ眼福させてもらっている。

「それで、どの辺りに農業跡があった？」

「王宮の裏手だな。街中の水路と貯水池、農耕地域が全《すべ》て繋がっていた痕跡がある。治水技術に関してはかなりのものだ」

　小走りで近寄り地図に用水路の図面を書き足していく。

　蜘蛛《くも》の糸の様に綿密に敷かれた用水路は街の隅々まで水が行き届く様に設計されている。この水路に全て水が流れたらさぞかし壮観《そうかん》だろう。

「問題はこのアトランティス大陸を舞台《ぶたい》にどんなゲームが開催《かいさい》されるかだ。予想外の方法で召喚《しょうかん》されたもんだから展開が全く読めない」

　地図を作っているのはゲームルールを確認《かくにん》したらすぐに動き出すためだ。

地形を先だって把握《はあく》していれば情報の遅れは幾《いく》らでも取り戻せる。本当は土地勘《とちかん》のある原住民と親交を深めるなり襲《おそ》うなり服従を誓《ちか》わせるなりさせるのが一番早いのだろうが、人間らしい集落は終《つい》ぞ確認できなかった。

プリトゥは濡《ぬ》らしたハンカチを少女の額に置いてやり、皮肉気に笑った。

「十六夜。お前ならこの娘《むすめ》を置いてもっと大々的に散策することもできたはずだ。どうして向かわなかった？」

「そりゃあ、仕事を放《ほう》り出していけるわけねえだろ」

「茶化すな。お前にとって私たちの仕事なんて日銭《ひぜに》を稼《かせ》ぐ程度のものでしかなかった筈だ。この娘を私に預けて好き勝手に行動する事もできただろう？」

十六夜の正面に座ったプリトゥは普段《ふだん》よりも険しい瞳《ひとみ》で見据えている。

少女を大葉で扇ぎ続けている十六夜は表情を変えないまま内心で「こういう年上の女の目聡《めざと》さは鬼門《きもん》だ」と愚痴《ぐち》を零《こぼ》す。

水難ほどではないが、この類《たぐい》の女も十六夜には難のあるタイプらしい。

追及《ついきゅう》の手を緩《ゆる》める気配の無いプリトゥは立て続けに問う。

「お前がパラシュラーマと話していた内容も大凡《おおよそ》の推測は立っている。お前が話していた白皮症《アルビノ》の親友は、黒人の白皮症だったんだな？」

「ああ。随分《ずいぶん》前の話だけどな」

「ではパラシュラーマが言っていた組織の実験場で出会った、という訳か」

「正確には飼育小屋だけどな。けど同じ組織な筈がねえ」

「………？　やけに言い切るな。何を理由に？」

「理由は一つ。その組織は——俺たちが、皆殺《みなごろ》しにしたからだ」

美麗《びれい》な片眉《かたまゆ》が歪《ゆが》む。皆殺しとは穏《おだ》やかではない。

彼女の知る十六夜ならばそんな手段を取らない。だがそれは殺さないという意味ではない。食人主義者が徒党を組んで外道《げどう》な行為《こうい》に及《およ》んでいたというのであれば、その罪を詳《つまび》らかにし、世間的に抹殺《まっさつ》する方法を選んだはずだ。

僅《わず》かに訝《いぶか》しんだが、言及《げんきゅう》することなくプリトゥは続ける。

「なら同じ組織ということは無い、か。では買い取っていた側の人間を追うしかないな。そっちに心当たりは、」

「無い。そっちは金糸雀《カナリア》が始末をつけた。俺たちが関《かか》わった組織と今回の件は無関係だ」

冷めた声で事実だけを端的《たんてき》に告げる。その声音《こわね》に改めて驚《おどろ》いた。

敢《あ》えて明言はされなかったが、その言葉の意味は明白だ。

金糸雀と十六夜は黒人白皮症患者《かんじゃ》の人身売買組織を、丸ごと始末したと言ったのだ。

「……穏やかじゃないな」

「ああ。全くだ」

話を広げるつもりの無い十六夜は適当にあしらって地図の書き込みを始める。まだやらねばならない仕込みは他《ほか》にもある。無駄《むだ》な話をしている場合ではない。

だがプリトゥは一転して含《ふく》みのある笑《え》みを浮《う》かべて足を組み、

「となると、後はお前の親友関連だな。十六夜の親友とやらは、どんな女だったんだ？」

バキリッ‼　と、二本しかないペンが音を立てて折れる。

十六夜は珍《めずら》しく驚いた様に顔を上げた。

「……何を馬鹿《ばか》なこと言いだしやがる、この大地母神《デバガミシン》」

「なんだ、違うのか？　男がそういう具合に幼い過去を引き摺《ず》っているときは大抵《たいてい》が女、それも初恋《はつこい》が原因だと相場が決まっているんだが……」

「なわけあるかよ。少なくとも俺にそういう感情は無かった」

「ほほう？　俺には、とな？」

いよいよ以《も》って厭《いや》らしく笑う人類の母。此《こ》の耳聡さにとある故人が脳裏《のうり》を過《よぎ》り、やはり鬼門だと舌打ちをする。

「変な勘繰《かんぐ》りをやめろ。そもそも俺はアイツの性別すら最期《さいご》まで知らなかったんだぞ」

「………性別を？　どうしてだ？」

「生まれた時に生殖器《せいしょく》を内外共に摘出《てきしゅつ》されていたらしいからな。本人は男と女の差がわかっていなかった。ＤＮＡ鑑定《かんてい》を受ければわかったのかもしれないが………アイツには、そんな時間もなかった」

初めてプリトゥの表情が明確に歪んだ。流石《さすが》の彼女も今のは聞き流せない。或《ある》いは地母神だからこそ聞き流せない。繁殖《はんしょく》を初めから制限されていたとなると、完全に家畜《かちく》の扱《あつか》いだ。人としての尊厳を初めから尊重するつもりの無い行為《こうい》だ。

十六夜はその視線を無視して小石を拾って水路跡の方に投げる。半端《はんぱ》に知られるくらいなら、事のあらしまくらいは語った方が無難だと観念したのだろう。

測量をしながらポツポツと語る十六夜の視線は何処《どこ》か自嘲《じちょう》めいた笑みが浮かんでいた。

「俺が金糸雀にその施設《しせつ》へ連れていかれたのは十三歳の頃《ころ》だ」

「………若いな。幼いと言ってもいいくらいだ」

「俺も未成熟な自覚があった。でもまあ世界旅行を重ねてるうちにそれなりに見識も深まってきた頃でもあった。世の中を知った気になって世界中の色んな場所を見て回るのにも飽《あ》きてきた時に、ふと思ったわけだ。〝この世界で一番酷《ひど》い戦争が見たい〟ってな」

「何故《なぜ》？」

プリトゥが身を乗り出す。十六夜は小石を投げながら話を続ける。

「金糸雀に綺麗《きれい》なものばっかり見せられて、食傷気味だったんだよ。悪魔《あくま》の住むというイグアスの滝《たき》も、ヘラクレスが挑《いど》んだというジブラルタル海峡《かいきょう》も、餓鬼《がき》の俺には強く響《ひび》いちゃいたが……世の中、こんなに綺麗なものばかりのはずがない。目の前の景色が世界の全てのはずがないってな」

思い返せば尺度こそ常人と違うものの、内容は子供らしい疑心だったのだろう。自分を特別視するのが思春期の始まりで、世の中を過小評価し始めるのが二次段階だ。

根っ子では、逆廻十六夜も只《ただ》の人の子だったのだと、自嘲せずにはいられなかった。

「とはいっても、本当の戦争をしに行ったわけじゃない。俺が戦争をしている片方に味方してドンパチし始めるのは厳禁だと口を酸《す》っぱくして中止されたからな」

「それは素晴《すば》らしい判断だ。私も金糸雀を支持した上で、理由を聞きたい」

「そりゃお前、俺が戦争に加担したら虐殺《ぎゃくさつ》にしかならないだろ。余裕《よゆう》で皆殺しだぜ」

ヤハハと笑う十六夜。だがその内容は笑い事ではない。

相手を皆殺しにして終結する戦争は二〇世紀以後の時代には存在しない。この時代に起きる戦争の理由は専《もっぱ》ら思想の相違《そうい》、宗教の相違、地政学的見地から生まれるものだ。

今の戦争をしている者たちを皆殺しにしたとしても、思想を殺すことはできない。思想が生き続ける限り当事者を殺したとしても、その思想の後継者《こうけいしゃ》が現れるのでは意味が無い。戦争の根幹、人類の根幹にあるモノを変えない限り皆殺しには意味が無いと金糸雀は語っていた。

「俺たちが戦いを挑んだのは、戦争の裏で活動していたとある宗教組織だ。火器密売、人身売買、食人主義者の斡旋《あっせん》なんかを裏でやり放題にやっていた奴《やつ》らなんだが……連中の犯罪の中で極《きわ》めつけに胸糞悪《むなくそわる》かったのが、黒人アルビノの生産と売買だったわけさ」

十六夜の瞳がより無機質なものになり、冷たさを増す。

「白皮信仰《しんこう》は古代から各地にあると知ったのは後になってからだ。アルビノの死体が幸運を呼ぶ、アルビノの死体を食すと神気を纏《まと》う伝承もあるらしい。インド神話の〝高貴《アーリア》なる民族〟の大移動も無関係じゃないが、その辺はアンタの方が詳《くわ》しいだろうし省くぞ」

「うむ、ご当地神様に語られても困るからな」

茶化すような口調のプリトゥに少し笑みを浮かべる。十六夜も少し肩《かた》の力を抜《ぬ》いた。

「施設に初めて足を踏《ふ》み入れた時の第一印象は、兎《と》にも角にも腐乱臭《ふらんしゅう》が凄《すご》かったってだけだ。何せ俺は人身売買の中心地としか聞いてなかったし、どういう施設なのか知らないまま、施設の一番奥まで足を踏み入れたわけだからな」

「……。それは、金糸雀の意思か？」

「ああ。金糸雀の奴は初めから全て知っていやがった癖《くせ》に、顔色一つ変えず俺に向かって『次の施設が最後だから、一人で冒険《ぼうけん》してきなさい』とか笑顔でぬかしやがった。おかげ様、餓鬼の俺にはとんでもねえビッグサプライズさ」

普通《ふつう》じゃねえよな、と笑いを嚙み殺す十六夜。

幼かった彼にとって、人間の解体場は非道徳的に過ぎた場所だった。

「情けねえ話、あんなに顔面蒼白《そうはく》になったのは生涯《しょうがい》でも一度きりだ。破棄《はき》予定の施設っていうのもあって解体場にはアレやコレが散乱してて酷い有様だった。……半ば錯乱《さくらん》していた俺は目につくモノを徹底《てってい》的にぶち壊し、ぶち殺した」

そして、それが十六夜にとって初めての力の解放だった。

無意識に抑《おさ》えていた暴力、良識、分別。其《そ》れら全《すべ》てをかなぐり棄《す》てた時に発揮される十六夜の戦闘《せんとう》能力は外界のあらゆる武力を以ってしても抑えられるものではない。

大地は割れ、都市は砕《くだ》け、鉄血の散雨すら物ともしない。

一方的な虐殺が行われたのは説明されるまでもない事だった。

「助かったのは……アイツだけだ。腹の中の臓器を三割ほど摘出されて人としての機能がほぼ終わっちまってるアイツだけだった」

「……そうか」

〝アイツには時間が無かった〟。十六夜は先ほどそう口にした。

それはきっと言葉通りの意味だったのだ。

人間としての機能が正しく稼働《かどう》していない以上、その命は風前の灯火《ともしび》だったのだろう。

「でも、共に過ごす時間も少しはあったのだろう？　でなければ親友とは言えまい？」

「………まあ、少しはな。十日くらいは一緒《いっしょ》に過ごしたし、半分くらいは旅もできた」

中々に遠慮《えんりよ》のない質問をしてくるなこの大地母神、と十六夜は呆《あき》れる。

「その親友の為人《ひととなり》が聞きたいな。どんな人間だったんだ？」

「それについては一言で説明出来るぜ。あの野郎《やろう》は間違《まちが》いなく、〝世界一の泣き虫〟だ」

身も蓋《ふた》もない二つ名だ。今度はプリトゥが呆れる。

「………ほほう？　泣き虫は泣き虫でも〝世界一の泣き虫〟か」

「ああ。何かにつけてすぐ泣いちまう泣き虫だ。人生の一割は泣いてたんじゃないか？

何せ――〝初めて見る星空が綺麗だ〟と言って泣いて、〝初めて見る夕焼けが綺麗だ〟と
言っては泣いて、〝初めて見る朝焼けが綺麗だ〟と言っては嬉《うれ》しそうに泣いてたからな。

そんなこと言われたら、『泣くのを止《や》めろ！』なんて言う方が無粋《ぶすい》だろ？」

ヤハハと声を上げて笑う十六夜。それは先ほどまでの冷めたものとは違《ちが》い、心の底から
楽しげな笑いだった。

その笑い声が示す通り、この陰鬱《いんうつ》な事件の中で唯一《ゆいいつ》の救いが友の涙《なみだ》だった。

事の発端《ほったん》は十六夜が口にした〝この世界で一番酷い戦争が見たい〟というものだった。

人と人とが殺し合い、奪《うば》い合い、憎《にく》しみ合う場所の最前線。

その更《さら》に最奥《さいおう》で地獄《じごく》を見た人間が――〝初めて見る世界の、全てが美しい〟と――滂沱《ぼうだ》の涙を流して感動を口にした。

少年の十六夜が世界を旅して得た全ての結論が、その溢《あふ》れる涙に込められていた。

「………俺はアイツのその言葉を聞いて、俺と世界の向き合い方を決めた。俺の拳《こぶし》が大地を裂《さ》くなら、俺の怒《いか》りが街を砕くなら――俺の感情の過多で形を失う世界があるのならこの人生を無為《むい》に過ごしても構わねえ、ってな」

箱庭に来る直前に死神クロア＝バロンとの戦いで語ったことだ。

この力が世界を壊すのならば、最期まで腐《くさ》ったまま歴史に埋没《まいぼつ》した方がいい。

義憤《ぎふん》によって一度は外れてしまった力の枷《かせ》を、心の箍《たが》を嵌《は》め直してくれたのが、その涙だったのだ。

「その後………俺が外界で暴れたのは一度きりだ。アイツを失った喪失感《そうしつかん》を何とか埋《う》め合わせないと、餓鬼の俺にはどうにもならなかった。感情を抑えきれなかった」

「………そして選んだのが、〝皆殺《みなごろ》し〟か」

「そうだ。けど金糸雀は俺に言った。――――〝皆殺しにしても、戦争は終わらない〟と。俺はそれでも無理やり関係者を掘《ほ》り返して報復すると訴《うった》えて、徹頭徹尾《てっとうてつび》に駆逐《くちく》した。でも結局は金糸雀の予言通りだった。パラシュラーマの宿主について動揺《どうよう》したのはまあ、そういうことだ」

「――――……、」

〝皆殺しにしても、戦争は終わらない〟。それは残酷《ざんこく》な真理であり真実だ。

何故なら、新世紀の人類は理由もなく争わない。

地政学的な理由、宗教的な理由、思想的な理由で引き起こされた戦争は、争いの根幹と向き合うこともなく真の終結を迎《むか》えることは無い。

争いの発端が〝人ならざる形無き何か〟であるのだから、争っている人間を殺しつくしたところで、争いの火種である怪物《かいぶつ》は消え去らない。

何時の時代でも人類の敵は必ずその三つから現れる。

それらを踏破《とうは》してきたのが今の人類の歴史であるのも事実だ。

救世のコミュニティ〝アヴァターラ〟――――その第六の化身《けしん》がその組織の犠牲者《ぎせいしゃ》から生まれたのは決して無関係の事ではないはずだ。

「――――ハッ。まるで道化《どうけ》か何かだな。棄てて来た世界の過去が、今さらになって俺の前に現れやがった。当事者の俺は解決した気になってすっかり忘れてたってのにな」

そして解決しきれなかった争いの火種が延焼《えんしょう》し、十六夜の前に姿を現した。終結したと思っていた戦いは、当事者が変わり続いていたのだ。

――〝私はもう、君を戦場《ここ》に連れてこない〟。

何時《いつ》か自分の足で、正しい形で立ち向かえと言った金糸雀。

あの女の言葉は腹立たしいほど的確に十六夜の予言していたのだ。

「第六の化身、パラシュラーマ。アイツがどんな宿命で俺たちの世界に顕現《けんげん》したのかはわからない。〝アヴァターラ〟に関係することかもしれないし、太陽主権を争う為《ため》に顕現したのかもしれないし……外界で起きている何かが原因なのかもしれない。粒子《りゅうし》体の件だって無関係じゃない筈《はず》だ。それを確かめる為にも、俺はあの野郎と会わなきゃならない」

全てが繋《つな》がっている。十六夜にはそんな予感があった。

三年前に〝人類最終試練《ラスト・エンブリオ》〟を倒《たお》して以来――ずっと感じ続けていた不吉《ふきつ》な影《かげ》が、姿を現そうとしている予感が。

「――なるほど。お前たちの話はよくわかった」

腕《うで》を組み、十六夜の話を噛《か》み砕いて聞いていたプリトゥ。

彼女は一頻《ひとしき》り頷《うなず》いて返すと、より真剣《しんけん》な表情になって問う。

「つまり――お前の初恋《はつこい》は金糸雀だったんだな？」

「いい加減にしねえとマジでぶち殺すぞこの大地母神《デバガミ》」

護法十二天に賢神《けんじん》無し。

今この瞬間《しゅんかん》を以《も》って十六夜は確信した。

八割ほど本気の殺気を込めた十六夜の脅《おど》しをサラリとスルーしたプリトゥは、ニヤニヤと笑い人差し指を立てる。

「誤魔化《ごまか》しても無駄《むだ》だぞ。お母さん女神《めがみ》にはマルッとお見通しだ。そんな風に故人を語っておきながら何の感情も無かったなんてあるものか。金糸雀か親友、そのどちらかが十六夜の初恋だと私は推理した！」

「言ってろ駄女神《だめがみ》。そもそも推理出来るだけのことをお前には語ってねえだろ」

「……………ぬ、それもそうだ。では次の語りはお前と金糸雀と親友の蜜月《みつげつ》について、」

誰《だれ》が語るか、と吐《は》き捨てて舌打ちをする。

もう二度とこの駄女神には過去を語るまいと固く誓《ちか》う。

寝込《ねこ》んでいるアルビノ少女を背負った十六夜は東の方角に向かって歩き始めた。逃《に》げられたプリトゥもこれ以上は言及《げんきゅう》せず、その背中に歩み寄って付いていく。

そして温和な笑《え》みを浮《う》かべて問う。

「最後に一つ。その親友の名は？」

「………自称《じしょう》だが、名前は〝イシ〟。偶然《ぐうぜん》読んだ本に感動して名乗ることにしたんだと。俺がその名前の意味を知ったのはアイツが死んでから、かなり後のことだけどな」

背中を向けて去っていく十六夜。表情は読み取れなかったものの、その声音《こわね》に込められた感情は彼女にも読み取れた。

人を家畜《かちく》として扱《あつか》い、性別を奪い、只《ただ》の肉として扱う施設《しせつ》。

その中に在って尚《なお》――己《おのれ》は〝人間《イシ》〟であると、十六夜の親友は声を上げた。

〝世界一の泣き虫〟と揶揄《やゆ》されながらもその一線だけは譲《ゆず》れない、己の尊厳は今此処《ここ》にあるという意思を込めての事だったのだろう。

星空を見て泣いて、夕焼けを見て泣いて、朝焼けを見て泣いて。

この産声《うぶごえ》よ、世界に届けと静かに猛《たけ》る声を上げた者。

そんな人間だったから、十六夜はその人をこう呼ぶことにした。

アイツこそは――俺にとって、親友《無二》と呼べる存在だったのだと。

＊

その後、二人は無言でしばし森を歩き続けた。

熱帯雨林と比べると涼《すず》しい方だが、このアトランティス大陸の気温も中々のものだ。十六夜の体感で凡《およ》そ36℃というところだろう。生《お》い茂《しげ》る南国の木々から零《こぼ》れる容赦《ようしゃ》の無い熱線は肌《はだ》を焼き、不快指数の高い湿度《しつど》は滂沱《ぼうだ》の汗《あせ》を流《なが》させる。

それでも森を抜《ぬ》ける道を選んだのは、直射よりはマシだろうという判断からだ。背中に背負ったアルビノの少女は熱い吐息《といき》を漏《も》らしながら今も苦しんでいる。

出来れば人里を見つけて休ませるのが理想的だ。

「それで、十六夜の方針は決まったのか？」

「とりあえずはな。焔たちが来るまでかなりの時間がある。此《こ》のままじゃどう考えてもこの美白少女は手遅《ておく》れだ」

「ふむふむ。それで？」

「具体的な解決策は焰に任せるしかないから、俺たちの行動は延命策 or 接触《せっしょく》までの時間短縮策に分かれる。俺の予想が正しければ、精霊《せいれい》列車は東側から上陸するはずだ」

東から？　と鸚鵡返《おうむがえ》しをするプリトゥ。

十六夜は振《ふ》り返り、

「………プリトゥ。アンタ、〝Nec Plus Ultima《ネク・プルス・ウルティマ》〟って言葉を知ってるか？」

「いや、初耳だ。ラテン語か？」

「ああ。ギリシャの古い言葉だ」

それだけ口にして、十六夜は背を向けた。

スタスタスタ、と早足で進む十六夜。

スタスタスタ、と早足で追うプリトゥ。

「………？　解説してくれないのか？」

「デバガミの神に語る口はねえ。勝手に悩《なや》んでろ」

思わせぶりな口調からのぶん投げに、流石《さすが》のプリトゥも目を見開いた。

違《ちが》う文明圏《けん》の神群についてまでは流石の彼女も知らない。それが先ほどの意趣返《いしゅがえ》しだと悟《さと》った彼女は、十六夜の隣《となり》にまで小走りで寄って厭《いや》らしく笑った。

「驚《おどろ》いたな。新世代の英傑《えいけつ》様があんな小さな事を引っ張るとは。もしや本当に図星だったのか？」

「言ってろクソババア。そもそもお前は太陽主権戦争と無関係だろ」

「それはそうだが、気になるのも事実だ」

「やかましいわ大地母神。此れを機にその老化した灰色の脳細胞《のうさいぼう》を活性化させてろ」

しっしっ、と手を振る十六夜。しかし如何《いか》に邪険《じゃけん》にされてもプリトゥは応《こた》えない。若者のあしらい方をよく心得ている様子が実に鬱陶《うっとう》しい。

姦《かしま》しい雰囲気《ふんいき》をそのままに、青々と生い茂る南国の森を突《つ》き進む。

道なき道を突き進むこと早一刻。

二人は同時に周囲の異変に感づいて軽口を止《や》めた。

プリトゥは茶化した笑顔のまま十六夜の傍《そば》にまで寄り、

「――――つけられてるな」

「ああ。けど参加者じゃねえ。森の移動に手馴《てな》れすぎてる」

「ではパラシュラーマでも無いな。原住民という可能性は？」

「大いにある。もしそうなら、鴨《かも》が葱《ねぎ》背負って来てくれたってわけだ」

飄々《ひょうひょう》と森の茂みを歩きながらニヤリと笑う二人。悪戯《いたずら》をする時だけ息が合うのは非常に危険な傾向《けいこう》なのだが、この場合は尾行《びこう》している側に非があるので仕方がない。

プリトゥはそっと十六夜から離《はな》れて距離《きょり》を取る。

十六夜は背中の少女を背負い直して軽くだけ臨戦態勢に入る。流石に重態の少女を背負ったまま戦う訳にもいかない。此処《ここ》は彼女に任せることにしようと軽い足取りだ。

歩幅《ほはば》を狭《せば》めてさも遅《おく》れているかの様に振舞《ふるま》うプリトゥはその袖《そで》からポツリ、ポツリ、と菩提樹《ぼだいじゅ》の種を落としていく。

六つ目の種を落としたプリトゥはピタリと足を止める。

木々がざわめく中、姿無き尾行者に声をかけた。

「……さて。先ほどから尾行している者たちに告げる。我らを秩序《ちつじょ》の守護者〝護法十二天《ごほうじゅうにてん》〟に連なる者と知っての無礼か？」

森の木々が風でざわつく。だが傍目《はため》から見て人の気配はない。十二天の名を出して穏便《おんびん》に済ませようとしたのだが、如何《どう》やら通じなかったらしい。

ならば仕方がない。少々手荒《てあら》になるが此れも彼らの判断だ。

菩提樹の種に向かって指を鳴らす。

すると突如《とつじょ》、大地から森を侵食《しんしょく》する様に巨大《きょだい》な蔦《つた》が現れた。

神格を得た菩提樹は鬱蒼《うっそう》と生い茂る木々を食い破る様に広がり無作為《むさくい》に森を破壊《はかい》し始めた。予想外に手荒な手段で面食《めんく》らった十六夜だったが、なるほどこの方法なら破壊と植木を同時に出来るなどのんびり構える。

だが追跡者《ついせき》たちには堪《たま》らない。彼らは隠《かく》れ潜《ひそ》んでいたからこそ十六夜たちを追尾《ついび》出来ていたのだ。

炙《あぶ》り出され追跡者たちは声を上げた。

「面妖《めんよう》なこの魔術《まじゅつ》………やはり巨人族《きょじん》の手のものか⁉」

「散開して取り囲め！」

「怪樹《かいじゅ》には手を出すな！　術者を狙《ねら》え！」

飛び出してきた影《かげ》は合計七つ。意外にも多い。

数多《あまた》に広がり追撃《ついげき》する菩提樹の蔦と枝を切り払《はら》い縦横無尽《じゅうおうむじん》に飛び回る。

生け捕《と》りにするつもりのプリトゥは枝による刺殺《しさつ》ではなく蔦による捕縛《ほばく》を試みたが、追跡者は刃《やいば》を振るって伸《の》びる蔦を切り落とした。

「お？」

（意外にいい動きだな）

十六夜とプリトゥは共に感心した。半ば不意打ちにも近い菩提樹の奇襲《きしゅう》を間一髪《かんいっぱつ》のところで躱《かわ》し切った。如何やら只《ただ》の原住民ではないらしい。

こうなると厄介《やっかい》なのは、捕縛したいプリトゥだ。

殺すだけなら容易《たやす》いだろうが捕《つか》まえるとなると力加減が難しい。

縦横無尽に森の中を駆《か》け巡《めぐ》る彼らは吹《ふ》き矢などを使って絶えず術者であるプリトゥを狙っている。麻痺《まひ》毒を塗《ぬ》ってある様子だが彼女には効果が無いだろう。

とはいえ、痛いモノは痛い。不快なものは不快だ。丁寧《ていねい》に叩《たた》き落として追跡者を捕縛しようとするプリトゥだが、此れは存外に時間がかかりそうだ。

のんびりと戦いを眺《なが》めていた十六夜はその際、彼らの付けている仮面に目を付けた。

(……牛の仮面？)

骨と角で作られた牛の仮面。

ギリシャ神群では牛は信仰《しんこう》の対象として見られているというが、それが原因だろうか。

(東アジアは完全に可能性が消えたな。牛は六畜の王として怪物《かいぶつ》の代名詞として扱《あつか》われているはず。牛信仰が盛んな地域、中東より西側でアトランティス大陸が存在したとなると……これはいよいよ以って大陸の場所が見えてきたな)

戦いを見学していた十六夜は先ほどの情報を脳内で広げる。

悠々《ゆうゆう》と考察している場合ではないと黒《くろ》ウサギ辺りにツッコミを入れられそうな絵だが、困ったことにこの場にツッコミ役は居ないのだ。

世界地図を脳内で広げた十六夜は考察したキーワードを羅列《られつ》していく。

——古代ギリシャ世界では普及《ふきゅう》していなかった灌漑《かんがい》農業跡《あと》。

——暖かい気候と南国に近い木々と生態系。

——牛信仰が厚い地域で装飾《そうしょく》にも使われている。


異なった文明圏が交わっていたということは、必然的に文明圏の境界線上に位置していたということになる。文明の集積を行っていた地域はそう多くない。

牛信仰はギリシャ圏、灌漑農業はエジプト圏。

その文明圏が重なり合っていた境界線上の地域といえば——

(海洋の通行が盛んだった、ギリシャ文明のエーゲ海………ギリシャ世界での海洋大国。ミノタウロス伝承が残っていた、クレタ島の付近にアトランティス大陸があったことを示《し》唆《さ》している………って、ちょっと待て)

十六夜は自分の考察について唖然《あぜん》とした。

此処までキーワードが揃《そろ》ってしまったこともそうだが………この推察が正しいのであれば、焔たちは最高のカードを手にしていることになる。

原住民に協力を求めるのも難しくない。

二人が置かれている状況《じょうきょう》を鑑《かんが》みれば荒事《あらごと》に持っていくのはよろしくないだろう。眼前で繰《く》り広げられている戦いに意識を向けた十六夜はすぐに制止しようと身を乗り出す。

だがその時――――大地を揺《ゆ》るがすほどの地響《じひび》きが森を揺らした。

「っ……地震《じしん》？」

七人の追跡者のうち五人までを捕《つか》まえていたプリトゥも、その地響きで菩提樹の動きを止めた。人の力で引き起こされる類《たぐい》の地響きではない。

ズシン、ズシン、と音を立てて響き渡《わた》る地鳴りは徐々《じょじょ》に近づいてくる。

さながら巨大な重量を引き摺《ず》るようなその音に十六夜は身構える。

緊迫《きんぱく》する最中、プリトゥが捕らえた牛仮面の男が声を上げた。

「おい、貴様ら。その様子………もしや、巨人族を知らんのか？」

「何者だ？　その出《い》で立ち、この大陸の者ではあるまい？」

改めて問われたプリトゥは攻撃《こうげき》の手を止め、呆《あき》れたようにため息を吐《つ》く。

「私達はつい先ほど名乗ったのだが………改めて名乗ろう。我らは〝護法十二天〟の」

「ああ、待てプリトゥ。その名乗りは箱庭じゃ通じない地域がある。此処はギリシャ圏だからな。この場は〝天軍《ディーヴァ》〟と名乗った方が分かりやすいんじゃないか？」

十六夜の提案を聞いていた牛仮面の戦士たちは一斉《いっせい》に顔を見合わせて声を上げた。

「ディ、〝天軍《ディーヴァ》〟!? 我らが大父神ゼウスも与《くみ》するという最強の武神衆……!」

「それそれ。〝護法十二天〟はその同盟コミュニティみたいなもんだ」

「そ、それはとんだ失礼を……!」

捕まっていない牛仮面の戦士が武器を置いて跪《ひざまず》く。

プリトゥも捕まえていた戦士たちを地に下ろして数歩さがる。少し不満そうなのは自分の名前が知れ渡っていないからだろう。だが広大な箱庭には未開の地域が数多くあり、文明圏が違えば全く知られていない神群もいるのだから仕方がない。

不貞腐《ふてくさ》れた彼女に代わって十六夜が交渉《こうしょう》に出る。

「聞きたいことが二つある。お前たちはこの大陸の原住民で、集落か何かが近くにあるのか?」

「………原住民であることは否定しません。ですが我らの都については教えかねます」

「そうか。まあ、防衛の問題があるからそりゃ仕方ねえよな」

この様子では多少脅《おど》したところで口を割らないだろう。先ほどの戦闘《せんとう》でもそうだが、一人一人の練度も高い。組織的にはかなり完成度が高い集団だ。

ならばと十六夜は視線を空に向け、

「問題は、さっきから響いてるこの地鳴りだ。此《こ》れはなんだ? 巨人族とやらか?」

「はい。少なくとも我々はアレを巨人族と呼んでいます」

含《ふく》みのある言い方に十六夜が訝《いぶか》しむ。

だが十六夜が追及《ついきゅう》するより前に、空が巨大な陰《かげ》に包まれた。

「っ………なんだ………!?」

「プリトゥ、上だ！　何か来るぞ！」

突然《とつぜん》の暗闇《くらやみ》に身構える十六夜とプリトゥだったが、すぐにその原因は判明した。

「山………いや、岩か!?」

光を通すことの無い巨大な岩塊《がんかい》。山津波《やまつなみ》と喩《たと》える事すら生易しい。

雲海が全《すべ》て岩に変化したのなら、正にこのような絵になるのだろう。途方《とほう》もない質量を誇《ほこ》る岩塊の巨人が音を立てて十六夜たちの頭上を通過していたのだ。

十六夜はすぐに身近な大木に登って辺りを見回す。そしてその巨軀《きょく》に二度驚《おどろ》いた。

高さこそさほど無いものの、水平に広がる岩塊の身体《からだ》は首都遺跡《いせき》の半分を覆《おお》うほどに広がっている。伸びた四本の脚《あし》は絶えず地上から岩塊を吸収しまだ巨大になろうと成長中だ。

だが――――この物体を、果たして巨人族と呼んで良いのだろうか。

岩塊の巨人は四足歩行で緩《ゆる》やかに進み続けているものの、頭と思わしき部位は見られない。否《いな》、そもそも生命体なのだろうかコレは。

「岩喰い巨人《ロックバイター》なんてのも聞いたことはあるが……此れは規格外だな。成長期にしたって限度があるぞ。こんなに巨大に成長する種族じゃないと思うんだが」

「どうなのだ、牛仮面の戦士たち。この大陸にはこんな生命体が多くいるのか？」

「い、いいえ。この巨人が現れたのはつい最近の事です」

「………？　引っ掛《か》かる物言いだな。この巨人以外にも別の巨人がいるのか？」

コクリ、と頷《うなず》く牛仮面の戦士たち。それが少し意外だった。

アトランティス大陸に来てから四日ほど経《た》つが、危険な怪物とは一切《いっさい》出会わなかった。出会ったとしても巨大な猪《いのしし》ぐらいのもので、その猪は二人で美味《おい》しくいただいた。

「安全な地域に突如現れた外来種、ってことか」

「はい。ギリシャ神群の中に内包された怪物たちはこの遺跡から東側に近づきません。どれほど強力な怪物も例外は無かったのですが……」

「ふぅん」

十六夜は気の無い返事をしつつ、「つまりお前たちの集落も東側にあるんだな？」という言葉を飲み込む。この非常事態に図星を指されていい気分にはならないだろう。

或《ある》いは太陽主権戦争を機に持ち込まれた怪物という線もあり得る。

「で、どうする？　破壊するだけなら可能だと思うが」

「な、ば、馬鹿《ばか》な事を言うな！　コイツが暴れ出したらこの地域も焦土《しょうど》になるぞ！」

「絶対に手を出すんじゃない！　危害を加えなければ取り敢《あ》えずは無害だ！」

慌《あわ》てて制止に入る牛仮面の戦士たち。確かに大地を吸い上げてはいるものの、今のところは何か危害を加えようという意思は見られない。

雲海ならぬ岩塊が頭上を通過したところで陽《ひ》の光が遮《さえぎ》られる程度のこと。原住民である彼らにしてみたら、被害《ひがい》を出してまで戦いを挑《いど》むことも無いということらしい。

「………惜《お》しいな。ちょっと遊んでみたい気がするんだが」

「おい馬鹿やめろ本当に危険な怪物なんだ！　主権戦争でヘラクレス様がこの大陸に来ていなければ我々もどうなっていた事か………！」

ふぅん、と空の岩塊を眺めながら相槌《あいづち》を打つ十六夜。

彼にしてみればこんな巨大《きょだい》な玩具《おもちゃ》を前にして一暴れもしないまま去るのは名残《なごり》惜しいのだろう。背中の少女さえいなければ忠告を無視して挑んでいたかもしれない。

名残惜しさを視線に込めてしばしの間を置いてから、ふと首を傾《かし》げて問い直す。

「―――おい。いまなんて言った？」

「いやだから、本当に危険な怪物なのだと」

「そこじゃねえ。誰《だれ》がこの大陸に来てるって言った？」

十六夜が語尾《ごび》を強めて改めて問い直すと、牛仮面の戦士たちは顔を見合わせる。如何《どう》やらこの状況でそんなことが気になるのか、と思ったらしい。

だが隣《となり》にいたプリトゥも今の言葉は聞き逃《のが》せなかった。

「ヘラクレス……ギリシャ神群最強の戦士、ヘラクレスが来ているのか⁉」

「は、はい。太陽主権戦争の主催者《しゆさいしや》として参加者に扮《ふん》しているとのことで、」

「おおっと、いま立て続けに聞いちゃいけないことを聞いた気がするぞ」

ハッと口元を押さえる牛仮面の戦士たち。此処《ここ》に至り彼らは漸《ようや》く十六夜たちが主権戦争の参加者だと悟《さと》ったのだ。

となると、今彼らが口にしたことはゲームの謎《なぞ》に直結するものであり。

彼らは主権戦争の案内役を任された現地人ということになる。

十六夜は呆れたように笑った。

「いやはや、棚《たな》ぼたというか不可抗力《ふかこうりよく》というか興覚めというか。――――けど、主催進行役にヘラクレスとは気が利《き》いている。黄道十二宮に纏《まつ》わる伝承を持つ者の中じゃ一番有名な英傑《えいけつ》の一人じゃねえか」

ギリシャ神群最強の戦士ヘラクレス――――〝十戒《じつかい》の試練〟、或いは〝十二の難行〟と呼ばれるギフトゲームを超《こ》え、後に神霊《しんれい》の座にまで至った大英傑。

今でこそ様々な研鑽《けんさん》が重ねられ一部のプレイヤーたちにはタイムアタックまで行われているほど親しまれている〝十戒の試練〟だが、そのオリジナルとなる試練は超弩級《ちょうどきゅう》の難易度を誇る神魔《しんま》の遊戯《ゆうぎ》だ。

〝純血の龍種《りゅうしゅ》〟を含めた様々な怪物《かいぶつ》たちに挑むことを課せられたこの〝十戒の試練〟は、武《ぶ》・智《ち》・勇《ゆう》を競《きそ》い試《ため》す神魔の遊戯の中で〝武〟の極《きわ》みに数えられるゲームである。

「しかしヘラクレスほどの戦士が主催者として出てくるとは。本人はそれでよかったのか？　間違《まちが》いなく優勝候補の一人だろう？」

「そうだそうだ、俺もヘラクレスが出場すると聞いて競い合うの楽しみにしてたんだぞいや本当にマジで楽しみにしてたんだぞテメェどうしてくれる」

「わ、我々に言われても困る！　そもそも参加者の上陸時間はまだの筈《はず》だ！」

「それは話せば長くなる。一応、招待状は持っているのだ。それに此方《こちら》には重病の者がいる。無茶を承知ではあるが、安全に寝《ね》かせられる場所を紹介《しょうかい》してはくれないか？」

プリトゥは外界から召喚《しょうかん》された事を端的《たんてき》に伝え、十六夜の背中に背負われた少女を見せて状況を説明する。

すると一転、硬化《こうか》していた戦士たちの態度が変わった。

「重態の幼子………！　何故《なぜ》にそのことを早く言わぬ⁉」

「此処からならば東南の船着き場が一番近い！」

「すぐに光翼馬《ペガサス》を呼ぼう！　アイツに乗せれば負担なく運べるはずだ！」

「………おう、そうか。じゃあ任せるぞ」

突然のことに面食《めんく》らった十六夜は成すがままに少女を下ろして牛仮面の戦士に少女を預けた。幼子の窮地《きゅうち》にこの対応とは、中々に紳士《しんし》的だ。

戦士の一人が馬を呼ぶ笛を吹《ふ》いている間にもう一人の背の小さい戦士が布を取り出し、飲み水を使って濡《ぬ》らしてから、苦しそうにしている少女の額を拭《ふ》き始めた。

少女の看病をし始めた牛仮面の戦士。仮面の隙間《すきま》から十六夜が顔を覗《のぞ》く。

「………お前、女か？」

「そうだが？」

「いや、勇ましい事だと思って。ミノア文明は女が司祭を務めていたという記録もあるし別段不思議な事でもないが」

その言動に、牛仮面の女戦士がピクリと眉《まゆ》を歪《ゆが》ませる。

十六夜はその反応だけ確かめ、ヤハハと笑い誤魔化《ごまか》した。

「悪いな。ゲーム開始前にこれ以上ちょっかいを出すのも無粋《ぶすい》な話か」

「ふん。そこまで口にしておきながら何を白々しい」

「そう怒《おこ》るなよ。感謝してるのは本当だ。埋《う》め合わせは後できちんとするさ」

ヤハハと笑って腰《こし》を下ろす十六夜。

やはり彼らはクレタ島のミノア文明に連なる者らしい。どの様な因果でこの箱庭に召喚されたのかは分からないが、焔たちが強力な手札を保有していることは確認《かくにん》が取れた。

頭上にはまだ巨大な岩塊の怪物が緩やかな移動を続けているものの、暴れる様子はない。このまま何事もなく集落に移動できるなら重畳《ちょうじょう》だ。

少女の看病を原住民に任せられるのなら、十六夜が一人で焔たちを迎《むか》えに行くのも可能となる。予定よりも遥《はる》かに時間を短縮できるだろう。

存外に流れが向いてきた。

贅沢《ぜいたく》を言うのであればゲームが始まる前にヘラクレスにちょっかいを出して一戦所望《しょもう》したいところ――――などと邪《よこしま》な事を考えている時。

プリトゥは瞳《ひとみ》を細めて遠くを見た。

「……………空が黒いな」

「あん？　そりゃあ、頭上を岩塊が通過してるんだから暗くもなるだろ」

「違《ちが》う。アレを見ろ、激しい黒煙《こくえん》による雲だ。東南の方角で何かが燃えている。…………確か船着き場があるのは、東南の方角ではなかったか？」

プリトゥが指を差すと、その場に居た全員に緊張《きんちょう》が走った。

「た、確かに、船着き場の方角だ………！」

「まさか船着き場が襲《おそ》われているのか⁉」

「だがどうして⁉　今は漁業は休止しているし、あの船着き場にはヘラクレス様が乗ってきた船があるだけなのに！」

慌てる牛仮面の戦士たちを尻目《しりめ》に、十六夜は頭を抱《かか》えていた。

（………いや、どう考えてもそれが原因だろ）

ツッコミを入れたい気持ちをグッと抑える。人間はツッコミを入れすぎると立場が弱くなるというのが十六夜の持論だ。黒ウサギを鑑《かんが》みるに間違いない。

何よりヘラクレスは複数の太陽主権に纏わる伝承を持っている。

もしもその船が十六夜の考えている船ならば、太陽の主権の一つによって顕現《けんげん》した船の可能性が高い筈だ。

だがその船を襲う者がいるとなると、別の問題が浮上《ふじょう》してくる。

「プリトゥ。どうやら先行上陸しているのは俺だけじゃなさそうだ」

「らしいな。――――どうする？　手伝うか？」

「いや、俺だけでいい。アンタは参加者じゃないからな。参加者のいざこざに巻き込まれるのは良くない。アンタはコイツらと一緒《いっしょ》に別の集落に向かってくれ」

プリトゥは静かに頷き、小さな種子を渡《わた》した。

「私と合流したくなったらその種子を地に埋めるといい。道を示してくれるはずだ」

あいよ、と頷いて東南の方角へ向かって走り出す。

少女という荷物を下ろした十六夜の健脚《けんきゃく》は土埃《つちぼこり》を巻き上げ、瞬《またた》く間にその姿を遠くへと向かわせる。その表情に先ほどまでの安穏《あんのん》とした気配は残っていない。

海辺から立ち上る黒煙を睨《にら》みながら十六夜はその視線を厳しくしていく。

太陽の主権を奪《うば》い争う最初の衝突《しょうとつ》は、刻一刻と迫《せま》っていた。

第五章

Last Embryo

　巨大な船を中心に編成された船団が第一舞台《ぶたい》である〝失われた大陸《Lost Atlantis》〟の片隅《かたすみ》にある船着き場に到着《とうちゃく》していた。帆《ほ》に黄金の羊の旗印が刻まれているその巨大なガレオン船団は激しい波にも風にも負けず、力強い航行で海を突《つ》き進んでいたのだろう。

　消失大陸の周りは侵入《しんにゅう》者を阻《はば》むように海流と気流が乱れている。それにも拘《かか》わらず直進が出来ていたこの船団は、何か特別な加護を帯びているのかもしれない。

　人外魔境《まきょう》である箱庭の海を物ともせず渡航《とこう》するこの船の名は箱庭の航海士ならば誰もが一度は聞いたことがあるだろう。

　太陽主権の一つである牡羊座《おひつじざ》・白羊宮を媒介《ばいかい》に召喚されるこの船は、ギリシャにて多くの英雄英傑《えいゆうえいけつ》を搭乗《とうじょう》させた事で今日まで語り継《つ》がれている。

　其《そ》の名は黄金羊の探索《たんさく》船団〝アルゴナウタイ〟。

　本来ならギリシャ神群の中でも指折りのコミュニティだが、最近まで白羊宮の所有者が白夜王だったこともあり、その有様は少し形を変えている。

ギリシャ神群の伝承にある〝アルゴー船〟を中心に編成されたこの船団の船は、それぞれの船の名を〝アルゴー船の伝承に登場した怪物たちの名称《めいしょう》〟から譲《ゆず》り受けている。

多頭の怪女スキュラ、美声の悪魔《あくま》セイレーンなどの怪物から得た素材を部分的に使うことで恩恵《おんけい》へと昇華《しょうか》し海を渡ってきたのだ。

この船団に乗っている限りは海の魔物など恐《おそ》れるに値《あたい》しなかったのだろう。

太陽の主権戦争の進行役として呼ばれた彼らは、その多くが帆を張り歌を歌いえんやこらと騒《さわ》ぎながら渡っていたのだろう。

――しかし、全《すべ》ては過去の話。

勇壮《ゆうそう》なる船団が健在だったのは深海から現れた超獣《ちょうじゅう》と会敵するまでのこと。

波間に揺《ゆ》れる巨大《きょだい》な影《かげ》から伸びる巨大な角に船団は成す術《すべ》もなく薙《な》ぎ払《はら》われた。

息吹《いぶき》は海を割り、尾《お》は二〇の竜骨《りゅうこつ》を砕《くだ》き、牙《きば》は巌《いわお》をやすやすと砕いて見せた。

波間に影を覗かせる超獣は恐るべきことに、身動《みじろ》ぎ一つで〝アルゴナウタイ〟を壊滅《かいめつ》させてしまったのだ。

「………。コレは、予想外の展開だ」

現地に着いた十六夜《いざよい》は、無残にも砕かれた船団を険しい瞳で見据《みす》える。船着き場は酒蔵《さかぐら》にでも火が点《つ》いたのか、地獄《じごく》の装《よそお》いとばかりに轟々《ごうごう》と燃え盛っていた。

海岸沿いの崖《がけ》の上から船団が壊滅する様を見ていた十六夜は、波間に消えた謎の超獣を睨み静かに義憤《ぎふん》を燃やす。

参加者がお互《たが》いを傷つけ合うのはギフトゲームの性質上、仕方がない事だ。だが無関係の原住民の集落を襲い火を点けるというのは明らかにやり過ぎだ。

無差別な破壊《はかい》行動を良しとしてしまうのであれば、何の為《ため》の代理戦争だというのだ。

義理も縁《えん》も無い相手に情けを向けるほど有情な十六夜ではないものの、此《こ》れは戦いに身を置く者が弁《わきま》えねばならない無形の法だ。

「ハッ。太陽の主権戦争に、とんだ三流が紛《まぎ》れ込んでいたみたいだな」

〝主催者権限《しゆさいしやけんげん》〟を使った強制ゲームというわけでもない。そんな痕跡《こんせき》はない。

此れは只《ただ》の暴力による蹂躙《じゆうりん》だ。参加者として最低限の誇《ほこ》りさえ持ち合わせていない輩《やから》は、舞台の幕開けに立ち会わせるまでもない。

崖を飛び降り、拳《こぶし》を強く握《にぎ》りしめる。

まずは火元を絶たねばならない。

燃え盛る集落を飛び越《こ》えて海岸に立った十六夜は、火元である酒蔵の前に駆《か》け寄った。

「よっこら、せ———!!!」

一喝《いっかつ》、酒蔵にめがけて海面を蹴《け》り上げる。十六夜の健脚によって巻き上げられた大量の海水は瞬く間に酒蔵の火を飲み込んで押し流す。ついでに建物も押し流す。

延焼を防ぐには建物を破壊するのが古典的かつ効果的な方法だ。

集落の半分ほどにまで広がっていた火と小屋に対して消火と破壊を同時に行い、瞬く間に被害《ひがい》の広がりを防ぐ。海上の燃え盛る船団も時を置けば直に消えるだろう。

とはいえ、集落の半分が燃えたのだ。復興にはしばしかかるに違いない。

（………死人はいねえな。すぐに気が付いて内陸に逃《に》げたってところか）

正しい判断だ。海に潜《ひそ》むあの巨大な怪物《かいぶつ》を相手に出来るものなどそうはいない。

かく言う十六夜も海の中まで追っていくのは不可能だ。並の相手なら水中戦で戦うのも不可能ではないが、先ほど目撃《もくげき》した超獣は明らかに並の怪物ではない。

アトランティス大陸に原生する怪物か、或《ある》いは何者かが放った外来種か。

「ふふん。流石《さすが》は幻《まぼろし》の大陸。一筋縄《ひとすじなわ》じゃ行かねえ………ってわけか」

ヤハハと無人の海岸で高笑いを上げる。時を置けば集落にも人が戻《もど》ってくるだろう。まずは原住民に何があったのかを聞こうと腰を下ろしたその時――――

海岸と、崖の上の森の中。

両極端《りょうきょくたん》の場所で同時に爆音《ばくおん》が鳴り響《ひび》き、十六夜は笑《え》みを消す。

海の方は先ほどの超獣だろう。弧《こ》を描《えが》く海岸の向こう側で何者かがあの超獣を相手に戦い始めたのだ。

だが森の中の爆音は違う。

木々が折れ土煙《つちけむり》が上がる中に、明確に金属音も混ざっていた。

人間同士の戦いが行われているのを察した十六夜は、痛烈《つうれつ》に舌打ちをする。

(まさか……逃げた集落の人間を追撃《ついげき》してやがるのか⁉)

襲撃《しゅうげき》者が何者か分からないが、其処《そこ》までやる必要性が全く見いだせない。原住民から情報を引き出す為にしても他《ほか》に方法は幾《いく》らでもある筈《はず》だ。

或いは——襲撃者の中に、十六夜の知らない謎《なぞ》を解いた者がいるとでもいうのか。

海の超獣も気になるが今は逃げた原住民が先だ。十六夜は弾丸《だんがん》の如《ごと》く駆《か》け出し土煙の上がる方角へ向かう。

森の中から聞こえる金属音に混ざり、様々な声が届いた。

「女子供は聖地に逃げろ!」

「戦士は弓で応戦するんだ! 近接では敵《かな》わんッ!!!」

「駄目《だめ》だ、速すぎて当てられない……!!!」

弾《はじ》き合う金属音と老若男女《ろうにゃくなんにょ》の悲鳴。十六夜は逃げる原住民の頭上を飛び越えて一直線に進む。衝突する音の数、そしてその速度から、戦っている者が並の武芸者でない事を悟《さと》る。よもやと人物像を描《えが》きながら飛び込む十六夜。

その眼前に、純白の長髪《ちょうはつ》が舞《ま》った。

「………っ、貴様、あの夜の童子………!!?」

「やっぱりお前か、パラシュラーマッ!!!」

舞う様に茂《しげ》みから現れた純白の武人。

その手に血濡れの戦斧《せんぷ》を持って飛び出した彼女は額から汗《あせ》を流《なが》して膝《ひざ》を突く。

外傷は見られないが、体調そのものが極《きわ》めて悪い様に窺《うかが》える。少なくとも四日前に出会った彼女には見られなかった変調だ。

十六夜は原因に気が付きながら内心の憤激《ふんげき》を抑《おさ》え、静かに問う。

「お前が集落を襲った………ってわけじゃ無さそうだな」

「当たり前じゃ馬鹿《ばか》たれ。行き倒《だお》れていた所に宿を貸してくれたのが、この地の者たちだったただけよ」

肩《かた》で息をしながら一喝するパラシュラーマ。だが途端《とたん》に咳《せ》き込み喀血《かっけつ》する。

汗を拭《ぬぐ》い血濡れの戦斧を杖《つえ》にしてやっと立ち上がるパラシュラーマ。よく見れば全くの無傷というわけでもない。宿主である少女の白い肌《はだ》には細かい線の様な切り傷がある。

飛び道具の類《たぐい》を疑ったが、それにしては傷の付き方が妙《みょう》だ。

曲線を描くようなこの切り傷は直線運動しかできない飛び道具ではありえない。となると敵の得物は――

「鞭《むち》……いや、鉄線か？」

「惜《お》しいな。恐らくは何かの獣《けもの》から抽出《ちゅうしゅつ》した糸であろう。本調子であれば取るに足らぬ児戯《じぎ》なのじゃが……見ての通り、不様に醜態《しゅうたい》を晒《さら》しておるよ」

クックックと陰鬱《いんうつ》な笑みを作りながら咳《せ》き込むパラシュラーマ。強がってはいるが、咳で喀血するとなると肺をやられている可能性もある。

白皮症《アルビノ》の少女と同じ症状《しょうじょう》かと勘繰《かんぐ》ったが、此方《こちら》は更《さら》に悪化が著《いちじる》しい。話をするだけの元気があるならまだ暫《しばら》くは大丈夫《だいじょうぶ》だろうが、真面《まおもて》に叩《たた》ける体調でないのは明らかだ。

「随分《ずいぶん》と苦しそうだな。寄る年波に勝てないっていうなら、素直《すなお》に宿主から離《はな》れてもいいんじゃねえか？　見知らぬ少女と共倒《ともだお》れなんて御免《ごめん》だろ？」

「……わかりきった事を言わせるでない。この娘《むすめ》の身体《からだ》は既《すで》に限界だ。ワシが離れれば五分と持たずに昏睡《こんすい》する事になるのは目に見えとる」

苛立《いらだ》ち交じりに口元の血を拭うパラシュラーマ。

だが十六夜は彼女の意思を聞いて不敵に笑った。

「へえ？　要するに、宿主の女を助けようって意思はあるんだな？」

「……………ふん。貴様、よく性格が悪いと言われるであろう？」

パラシュラーマの皮肉を十六夜は肯定《こうてい》と解釈《かいしゃく》した。

「よし。ならお前との決着は後回しだ。聞きたい話もあるし、アンタの宿主を助けられる可能性がある奴《やつ》も心当たりがある」

「ほう？　貴様の知り合いに〝アストラ〟の暴走を抑えられる術師がおると？」

「アストラ？　——ああ、〝星辰粒子体《アストラルナノマシン》〟のことか」

十六夜はプリトゥから預かった種子を手渡《てわた》して彼女の前に出る。

「その種が道を示す。使い方は分かるな？」

「………くく。ワシが今さら神々の導きに頼《たよ》ることになろうとは」

「グチグチ言ってねえでさっさと原住民を連れて逃げろ。何時《いつ》までも無駄口《むだぐち》をたたいていたら——来るぞッ!!!」

疾風《しっぷう》が森を駆け抜《ぬ》ける。それが風ではなく絃《げん》の様な不透明《ふとうめい》の糸だと気が付けたのは、先に敵の得物が糸だと理解していたからだろう。

目で捉《とら》えるには細すぎる不透明の糸の乱舞《らんぶ》を十六夜は絡《から》めて全て摑《つか》みとった。

傍《はた》から見ていたパラシュラーマは十六夜の指が飛ぶ瞬間《しゅんかん》を幻視《げんし》したが、幸いなことに彼の指は繋《つな》がったままだ。

彼の身体があらゆる切断・斬撃《ざんげき》に耐性《たいせい》があることを思い出し、躊躇《ためら》いが消えた。

「良かろう……此処《ここ》は任せた！」

「任せられた！　マナー知らずの三流は——此処で、俺が始末する！」

全力で糸を引き寄せると、術師自らが糸を斬《き》り捨てた。右足を軸《じく》にして回転し横転を防いだ十六夜はバランスを崩《くず》すことなく一直線に飛び出した。

敵の得物が糸だけならば取るに足らないが、他に隠《かく》し球があるのであれば厄介《やっかい》だ。慎《しん》重《ちょう》に行くか一気呵成《いっきかせい》に叩きのめすかの二択《たく》ならば、当然ながら後者を選ぶのが彼である。

後方の上に飛び出した人影《ひとかげ》を見てそれを追撃する。

樹々《きぎ》の隙間《すきま》を縫《ぬ》う様に飛び去るその人影が指を振《ふ》るうと途端に疾風が奔《はし》り森が伐採《ばっさい》されていく。

だが十六夜にはあらゆる斬撃が通用しない。此れでは見晴らしがよくなるだけだ。

一度の攻撃《こうげき》で学習しないというのならその程度の敵なのか。

其《そ》れとも或いは——他に狙《ねら》いがあるのか。

十六夜は警戒《けいかい》して不可視の糸を避《よ》けつつ相手の手を読む。

（毒でも塗《ぬ》らない限り糸に触《ふ》れさせるだけじゃ意味がねえ。確かに大した切れ味だが、切断は効かない……ならやはり他の狙いが？）

眼前で樹々を伐採して見せているのは糸の用途《ようと》を〝切断〟だと誤認《ごにん》させるものだとしたらどうだろう。そもそも糸の役割は切断ではない。

（俺が糸を使って戦うなら……搦《から》め捕《と》る……或いは、縛《しば》り取る……もしくは締《し》め上げ……いやそうだ、絞殺《こうさつ》は不味《まず》い――――!!!）

十六夜は反射的に首元に右手を滑《すべ》り込ませる。

その途端、大量の糸が高速回転しながら首に絡みつき始めた。間一髪《かんいっぱつ》のところで右手の指を挟《はさ》み込めたものの、首に絡んできた糸は先ほどまでの糸とは明らかに材質が違《ちが》う。

万力を込めても糸は全く切れる気配がない。

此れが本当の敵の武器だと悟った十六夜だが、相手の方が動くのが早かった。

糸に絡み取られた十六夜を一本釣《いっぽんづ》りの要領で空中に持ち上げ、激しく叩きつける。それを繰《く》り返すこと三度、更に追撃するかのように十六夜は高速で引き摺《ず》られ始めた。

左の拳を大地に突《つ》き刺《さ》そうとしたがすぐに絡み取られてしまう。

（コイツ……獅子座《ししざ》の弱点を知ってるのか……!!?）

獅子座の恩恵《おんけい》のモデルになった獅子は斬撃が効かない強靱《きょうじん》な肉体を持っていたものの、最後はヘラクレスに首を絞《し》められて命を落としたと伝承に残っている。その為、絞殺や殴《おう》殺《さつ》を狙った一撃《いちげき》は通常よりも十六夜の身体に傷を残しやすいものとなっているのだ。

牛魔王《ぎゅうまおう》やパラシュラーマの打突《だとつ》の衝撃《しょうげき》が体に大きく残っていたのはそれが原因である。

だが十六夜はそんな素振《そぶ》りを表に出したことは殆《ほとん》どなかった筈だ。以前の所有者もそれらしい態度を見せたことは一度もない。

となると、この糸使いの正体は絞《しぼ》られてくる。

「テメェ………ギリシャ出身、それもヘラクレスの知り合いか何かか⁉」

「っ――――‼⁉」

糸が動揺《どうよう》で僅《わず》かに緩《ゆる》む。首の糸は解《ほど》けなかったものの、左腕《ひだりうで》を逃がすことに成功した十六夜は拳《こぶし》を大地に向かって突き立てて無理やり糸使いの移動を止めた。

本命の得物だけあって簡単に糸を切る真似《まね》は出来ないらしい。

十六夜はそれを見越《みこ》して糸を手繰《たぐ》り、足で踏《ふ》みつけた。

「そら、此《こ》れで首を絞めることもできねえだろ。おとなしく顔を見せやがれ。そしたら一発ぶん殴《なぐ》って原住民に総土下座だけで許してやる」

自身の優位を見せつけて投降を促《うなが》す。首と右手に糸が絡んでいる為《ため》に絶対的な優位とは言い難《がた》いが、糸を切るつもりが無いのなら力比べに持ち込むしかない。

この相手ならば十六夜が組み伏《ふ》せるのも難しい事ではないだろう。

　他に奥の手が無いのであれば、だが。

　しかし糸使いはしばし間を置いた後、呆《あき》れるほど簡単に音を上げた。

「………。やれやれ、参ったね。まさかこんなに早く特定されてしまうとは。言葉こそ荒《あら》っぽいが、やはりあの子の息子《むすこ》ということなんだろうね」

「ああん？」

「君の勝利だと言ったんだよ、逆廻《さかまき》十六夜。今の持ち合わせでは君を倒《たお》すことは出来無さそうだしね。まずは話をさせてもらおうじゃないか」

　糸の拘束《こうそく》が緩み、大地を削《けず》りながら十六夜の足元を逃《のが》れていく。

　茂みの向こうから現れたのは、十六夜と同年齢《どうねんれい》程度の優男《やさおとこ》だった。右腕の自由が戻《もど》った十六夜は取り敢《あ》えず状況が振り出しに戻った事を確認しつつその男を見据《みす》える。

　佇《たたず》まいからして武芸者という事は無さそうだが、だからと言って十六夜の様に無頼《ぶらい》な戦いをする者にも見えない。

　強《し》いて言うのであればこの数年で出会った〝魔法使《まほうつか》い〟とかいう人類の幻獣《げんじゅう》種に近い雰囲気《ふんいき》があるものの、彼らはもっとその雰囲気が神秘的なものだった。

　目の前の優男は――――本当に、只の優男にしか見えなかった。

「……………なんだ、お前。本当にさっきまで戦っていた男か？」

「勿論《もちろん》だよ。昔は此れでも結構凄《すご》かったんだけど、弟子《でし》の免許皆伝《めんきよかいでん》の時に全《すべ》ての力を渡《わた》してしまってね。見ての通り、今はしがない半神半人の高位生命《ハイブリッド》さ」

困ったね、と本当に困り顔で後ろ髪《がみ》を掻《か》く優男。

十六夜は警戒心《けいかいしん》を解くことなく瞳《ひとみ》を細めて続ける。

「ふん………それで、何を理由に原住民の集落を襲《おそ》った？　主権戦争の開幕にはまだ時間があるだろ？」

「それは偶然《ぐうぜん》だよ。集落の人間を傷つけてしまったのは僕たちのミスだから謝ろう。土下座しろというのなら、恥《は》ずかしいけどしてもいい。非は僕たちにあるからね。ただ………彼女の身柄《みがら》だけは渡して欲しいんだ」

優男は困り顔から一転し、真面目《まじめ》な顔になる。

「パラシュラーマ………武と不義の廃滅者《はいめつ》。彼女が外界で顕現《けんげん》した理由は分からない。となんと見当もつかない。だって彼女が新時代で顕現するのは武と不義の廃滅の為ではなく、新時代の英雄《えいゆう》を育て上げる為に現れる筈《はず》だからね」

ピクリ、と片眉《かたまゆ》を動かす。それについては十六夜も不思議に思っていた。

第六の化身《けしん》パラシュラーマは過去に王族や戦士階級《クシャトリヤ》の者たちを殺戮《さつりく》する為に遣《つか》わされた。だがその役目は過去の物であり、新しい時代には別の役割が課せられている。

新時代にて現れる〝アヴァターラ〟最後の化身――世界を救う救世主を鍛《きた》え育成するのがパラシュラーマの役割だったはずだ。

「全く、どうしてこんな事になってしまったんだか。彼女が暴れたことによって外界は少し困ったことになっている。すぐにでも彼女の肉体が必要なんだ」

「………外界が？　それに肉体が必要だと？」

「そうだ。彼女が宿主にしている女性は〝アストラ〟に適合する数少ない肉体だ。彼女は替《か》えが利《き》くか分からない。もし失ってしまえばどうなるか予測もつかない」

十六夜は怪訝《けげん》な表情で優男を見る。優男は頼りない笑《え》みを見せているものの、その声には力を感じられた。彼は只の酔狂《すいきょう》でパラシュラーマを狙ったわけではない。

だが十六夜の知力を以《も》ってしても、優男が口にしていることは半分も理解できない。明らかに推理に必要な欠片《ピース》が足りていない。

〝アストラ〟――先ほどもパラシュラーマが口にしていたが、それが足りない欠片だろうか。

「………アストラ、ねえ。ラテン語じゃ星・新星を意味し、サンスクリット語では兵器を意味する言葉。お前が口にしているのはその〝アストラ〟か？」

「そうだよ、逆廻十六夜。君が箱庭に召喚《しょうかん》されてから既に〝アストラ〟の片鱗《へんりん》に触れてきた可能性も……ああいや、黒《くろ》ちゃんと共に〝ノーネーム〟を支えていたのだったね。ならば君も近くで直接、あの子の槍《やり》を見たことがあるんじゃないか？」

其れについては十六夜も真っ先に脳裏《のうり》に浮《う》かんだ。……いやそれ以前に、この男が黒ウサギの事を〝黒ちゃん〟と呼んだことにも衝撃を受けていたがそれは横に置く。

彼女から預かった神槍――〝疑似神格・梵釈槍《ブラフマーストラ・レプリカ》〟には〝アストラ〟という言葉が含《ふく》まれている。

「〝ブラフマーストラ〟という言葉は本を正すと〝宇宙真理《ブラフマー》〟と〝兵器《アストラ》〟の複合語だ。この言葉はインド神話の英傑《えいけつ》たちが秘中の秘として極《きわ》めた業《わざ》の原型ともされている。インド神話の英傑たちが秘中の秘を使う時に必ず〝アストラ〟と唱えるのは原型の名残《なごり》だね」

人類で初めて神域の業に到達《とうたつ》した者――武術の祖であるパラシュラーマが最高神から授《さず》かった業を弟子たちに伝え、後に繋がる英傑たちがその業を更《さら》なる形に進化させる。

武技の伝達・伝承という意味では理想的な形と言えるだろう。

彼女が秘中の秘を放つときに〝ブラフマー・アストラオリジン〟と唱えたのは未加工のままの奥義であるという意味を込めていたのかもしれない。

「君は他にも幾《いく》つかの〝アストラ〟に触れてきたはずだ。第三点空間跳躍《ちょうやく》を可能にする〝アストラルゲート〟。梵《ぼん》我《が》一如《いちによ》の業を以って放たれる槍〝ブラフマー・アストラ〟。此れらは全て〝人類が究極的破滅《はめつ》を回避《かいひ》する〟為に必要な技術として伝えられている」

「……へえ。なら焔《ほむら》の研究している〝アストラルナノマシン〟もそうだと？」

「そうだ。むしろこの研究こそが全ての鍵《かぎ》だと言っていい。地獄《じごく》の窯《かま》、星の巨釜《おおがま》より現れ人類を救う鍵。架空粒子《かくうりゅうし》、エーテルの顕現に必要な多元運動量を放出する最高効率のエネルギー粒子。第三永久機関。其れが君たちの父親が発見した〝アストラルナノマシン〟だ」

瞳を光らせて十六夜は男の言葉を吟味《ぎんみ》する。

全ての鍵――確かに、言い得ている気がする。

神々の箱庭で度々《たびたび》口にされる〝新しい時代〟とは恐《おそ》らく人工粒子を用いて引き起こされる最大級の〝歴史の転換期《パラダイムシフト》〟――〝第三永久機関によるエネルギー革命〟の事だろう。

第一次エネルギー革命で、人類は初めて火を手にした。

第二次エネルギー革命で、人類は熱と鋼《はがね》と力の置換《ちかん》を得た。

第三次エネルギー革命で、人類は光と破壊《はかい》と可能性を摑《つか》んだ。

人類が人類たり得る為に必要不可欠な〝歴史の転換期〟。

其れが人類史に刻まれた〝エネルギー革命〟という収束点だ。

恐らくこの〝星辰粒子体《アストラルナノマシン》〟の開発は人類最後のエネルギー革命として刻み続けることになるだろう。何せ運用できる量が違いすぎる。広がる可能性が違いすぎる。

決して人類が届くことの無かった可能性に手が届くかもしれない力だ。

曰《いわ》く人類が宇宙に飛び立つ為の礎《いしずえ》にさえなり得るこの研究は、或《ある》いは新暦《しんれき》を刻むことにもなり得るだろう。

だがそれだけの可能性を前に、十六夜にはどうしても納得《なっとく》できない箇所《かしょ》があった。

「………わからねえな。確かに凄い力だとは思うし、ロマンも特盛りの大事業だ。事の行く末を見届けるまでは外界でのんびり過ごしてもいいと思えるくらいにはな。――だからこそお前に問うぞ、詩人オルフェウス」

オルフェウスと呼ばれた男は別段驚《おどろ》くこともなく頷《うなず》いて返す。

古きギリシャ神話の英雄の一人として語られているが、箱庭ではむしろ別の伝説の方が有名だ。十六夜はこの男の事を黒ウサギたちから聞いたことがあった。

曰く、ディストピア戦争の英雄。

曰く、アルカディア大連盟創始者の一人。

曰く――金糸雀《カナリア》の師であり、育ての親の一人。

「クロアの野郎《やろう》は全てを語ると口にしてから、忽然《こつぜん》と姿を消した。当時は憤《いきどお》ったもんだが、今は責めるつもりは全く無い。黒人奴隷《どれい》たちの解放の願いが形となったアイツが、この一件を見過ごせるはずがなかった」

「……そうだね。クロアなら、あの燕尾服《えんびふく》の賢神《けんじん》なら立ち上がるだろう。誰《だれ》よりも早く立ち上がり、模索《もさく》するだろう。実験体として消費される彼らを、一人でも救う可能性を」

燕尾服の死神・クロア＝バロン。

下卑《げび》た笑いの裏で誰よりも強く自由への情熱を燃やしていた死神。

その男の本質を的確にこの男は口にした。共に巨大《きょだい》な魔王《まおう》に立ち向かった戦友の、同士の絆《きずな》は忘れていないとオルフェウスは口にした。

ならば次に十六夜が発する質問への回答も信じるだけの価値がある。

「―――――」

十六夜は緊迫《きんぱく》した表情で呼吸を整える。先ほどの話の中には明確に矛盾《むじゅん》点があった。

オルフェウスは〝アストラ〟は人類を救うための兵器と口にした。

だがそもそもの問題として、〝星辰粒子体によるエネルギー革命〟が人類を破滅させる可能性を秘《ひ》めていたのが問題だった筈だ。故《ゆえ》に十六夜たちは三年前に、その破滅の可能性そのものである悪性の大魔王との戦いを余儀《よぎ》なくされたのだ。

しかしそれほど危険な研究だったというのであれば、粒子体技術を人類の手に渡さないという選択肢《せんたくし》だってあったはず。何せ核《かく》となるモノは人造物ではなく被造《ひぞう》物だ。

自然界の業、神々の業で造られた被造物であるなら、人類に預けない方法を選ぶことだって出来ただろう。或いは時を見計らって渡す時期を神々の視点から調整することだって出来たはずだ。

……しかしそれが出来なかった。

そして今、オルフェウスは〝地獄の窯〟を〝星の巨釜〟と言い換《か》えた。何気ない一言だったが此《こ》れは明確に同一のものであると判断していい。彼の意志で出したヒントなのか、それとも過失によるものなのかはわからない。だが十六夜はその言葉を覚えている。

三年前――――〝絶対悪〟の魔王と戦った時に誰かがこう謳《うた》った。

――――地獄の窯が開かれた、と。

アレは比喩《ひゆ》ではなかった。

そう、窯だ。巨釜だったのだ。

大魔王が封印《ふういん》されていた地獄の巨釜とは比喩ではなかった。地獄の窯は、星の巨釜は、外界にも確かに在ったのだ。

魔王が復活した一連の流れもまた、人類の未来を示唆《しさ》する要因だとするなら。

〝絶対悪〟の魔王が生まれる前に一つ、人類には大きな危機が訪《おとず》れるはずだ。

「――――」

精霊《せいれい》列車の甲高《かんだか》い汽笛が遥《はる》か遠くから聞こえる。
太陽の主権戦争の開幕を告げる鐘《かね》に代わり、精霊列車がその雄叫《おたけ》びを大陸中に響《ひび》かせる。
そしてその眼下にばら撒《ま》かれる羊皮紙の〝契約書類《ギアスロール》〟。
十六夜たちの頭上を通り過ぎて行くその汽笛は、全てのゲームが此処《ここ》に始まった事を意味していた。

――さあ、今度こそ全ての欠片は揃《そろ》った。

最新の時代の神話――――その序章について語り始めよう。

Last Embryo

――少し時間を遡《さかのぼ》って。


超獣《ちょうじゅう》に襲《おそ》われた船着き場から少し南下した入り江《え》に、二人の美しい少女が身を隠《かく》していた。共に金糸と見紛《みまが》うほどに美しい髪《かみ》を靡《なび》かせる二人は仲睦《なかむつ》まじくその髪を梳《す》いている。

彼女たちが腰《こし》を下ろしているのが超獣の部位でなければ、実に絵になっていただろう。

「ふふ。流石《さすが》はアルゴー船団。予定より手間取ってしまいましたわ、レティシア伯母《おば》様」

「……そうだな、ラミア」

超獣の巨大な身体《からだ》に腰を下ろす主人――金髪《きんぱつ》の少女は紅玉の瞳《ひとみ》を光らせて薄《うす》く笑う。

年端《としは》もいかぬ金髪の少女と、その隣《となり》で辛《つら》そうに腕《うで》を組むレティシアと呼ばれた女性。

二人は入り江に流れ着く砕《くだ》け散った船団を前にして対照的な表情でその残骸《ざんがい》を見つめて

いる。

その面貌《めんぼう》を見ればどの様な種族であるかは一目瞭然《いちもくりようぜん》だ。

陽《ひ》の光で照らされる金髪は洗練された金糸の如《ごと》き柔《やわ》らかさと強靱《きようじん》さを秘め、血を溶《と》かしたかのような紅玉の瞳は至上の宝石と喩《たと》えるに相応《ふさわ》しい。

吸血鬼《きゆうけつき》の純血種――しかもその背には王族にのみ継《つ》がれる龍《りゆう》の遺影《いえい》が顕現《けんげん》している。

太陽の光を背に見下ろす彼女は詠う様にカラコロと笑った。

幼くも美しい吸血姫《きゆうけつき》――ラミアと呼ばれた少女は優雅《ゆうが》で愉《たの》し気な笑《え》みを。

麗《うるわ》しく儚《はかな》げな吸血鬼――レティシアと呼ばれた女性は慙愧《ざんき》と苦悶《くもん》を浮かべている。

だがこの惨状《さんじよう》を作り出したのが吸血鬼とは誰も思うまい。

神々の箱庭で生息する吸血鬼は〝箱庭の騎士《きし》〟と呼ばれる秩序《ちつじよ》の守護者たちだ。

箱庭の大天幕は太陽の光に弱い種族の為《ため》に加護が敷《し》かれており、その加護を必要とする種族は箱庭の秩序を守る種となる。故に吸血鬼を見かけたとしても警戒《けいかい》することも無かったのだろう。

轟々《ごうごう》と燃え盛る〝アルゴナウタイ〟の船団を見つめる二人の吸血鬼。

だがそんな二人に、炎上《えんじよう》した〝アルゴー船〟から声がかかった。

「………なんという事だ。お前も〝大連盟を裏切ったのか、レティシア」

悲憤《ひふん》を抑《おさ》えた声に呼びかけられたレティシアは、驚嘆《きようたん》と共に顔を上げる。

海岸の崖沿《がけぞ》いに、歩く足音が近づいてくる。間もなく屈強《くつきよう》な戦士がその姿を見せた。

地に着く程《ほど》に長い亜麻色《あまいろ》の髪を靡かせて現れた男は、まるで獅子《しし》を思わせるかのような風貌《ふうぼう》だ。

名を呼ばれたレティシアは美麗《びれい》な顔を歪《ゆが》ませて男を睨《にら》む。

その表情から察するに、想定内ではあったが、出来れば出会いたくなかったというところだろう。

隣に立つラミアは全く認知《にんち》していなかった様子で不満そうに唇《くちびる》を尖《とが》らせる。

「レティシア伯母様。あの男は？　伯母様のお知り合いですか？」

「ああ。古い付き合いだ」

「そうですかなら殺しましょう」

赤い爪《つめ》が髪を掻《か》き上げる。

扇状《おうぎじよう》に開かれた髪が綺羅《きら》と輝《かがや》くと、靡いた髪の数だけ大気に亀裂《きれつ》が奔《はし》った。アルゴー船の甲板《かんぱん》に張られた〝金剛鉄《アダマンテイウム》〟すら容易《たやす》く切り裂《さ》く亀裂が靡かせた数だけ襲い掛《か》かる。

避《よ》ける隙間《すきま》も無い程に降り注いだ刃《やいば》を――男は、棒立ちのまま受け止めた。

「……………む」

無傷の男を見たラミアは不快そうに眉《まゆ》を寄せる。数百にも及《およ》ぶ大気の亀裂が襲い掛かったにも拘《かか》わらず男には傷一つない。

更《さら》に追い打ちをかけようとしたラミアを、レティシアは静かに止めた。

「無駄《むだ》だ、ラミア。その男に生半な攻撃《こうげき》は通用しない」

「…………？　神霊《しんれい》には見えませんよ？」

「ああ。しかし半端《はんぱ》な神霊より厄介《やっかい》な相手だと思え。何せ奴《やつ》はギリシャ神群最強の戦士だ。――お前も聞いたことがあるだろう？　大父神ゼウスの息子《むすこ》、ヘラクレスの名を」

名を聞いたラミアは戦士の顔を二度見した。

「〝十戒《じっかい》の試練〟の主催者《しゅさいしゃ》・半神ヘラクレス…………!!!　ギリシャ神群最強の戦士にして、伯母様と同じディストピア戦争の勇者の一人…………！」

魔王ディストピア――その名を知らぬ者はこの箱庭には一人としていない。

〝極西の魔王《Far west》〟、〝人類最終観測者《Last observer》〟、〝神喰らい《God eater》〟などの王号を与《あた》えられた最強の魔王の一角。

遥か昔、東西南北に仕切られた箱庭の世界の一地方を支配するに至った大魔王により、この神々の箱庭と人間たちの外界は窮地《きゅうち》に立った。

箱庭を二分したこの戦いには神々のみならず詩人オルフェウス、導師スカハサ、黄帝《こうてい》、教王アルトリウスなど多くの英雄英傑《えいゆうえいけつ》が参戦したと伝えられている。

だがヘラクレスは、自身は当事者ではないと首を横に振《ふ》った。

「それは語弊《ごへい》があるな。俺はディストピア戦争に参戦していない。先達の一人として新しい可能性の種を蒔《ま》いてはいたが……いいやそもそもの話、俺のような過去の遺物では〝人類最終試練《ラスト・エンブリオ》〟には勝てぬし、戦ったところで意味が無い」

「…………？」

むむ？　と小首を傾《かし》げるラミア。

レティシアは瞳を閉じて言葉を聞き流したが、ディストピア戦争を経験していないラミアにとっては理解できない言葉だったのだろう。

ヘラクレスと呼ばれた男はラミアを一瞥《いちべつ》し、悲しそうな色を瞳に浮《う》かべる。

「それよりレティシア。その娘《むすめ》はまさか」

「……ああ。私の妹の娘だ」

「そうか。ならば友として祝辞を述べるべきだな。お前は生涯《しょうがい》の願いのうち一つを成した。――おめでとう、友よ。お前は遂《つい》に、一つの命と願いを救って見せた」

屈強な体には似合わない穏《おだ》やかな笑みに不意を突《つ》かれる。

レティシアは完全に面食《めんく》らっていたが、その朗《ほが》らかな笑みに釣《つ》られて苦笑いを零《こぼ》す。

「私が救ったわけではないが…………祝辞、謹《つつし》んで受け取ろう。しかし、お前も変わらないマイペースさだな、ヘラクレス」

「…………？　そうか？」

「そうさ。この状況《じょうきょう》ならば他《ほか》に口にすべき言葉があるだろう？　まさか呪詛《じゅそ》より先に祝辞を述べられるなど、普通《ふつう》は考えもしないぞ」

レティシアの追及《ついきゅう》にはて、と首を傾げるヘラクレス。

その仕草と純朴《じゅんぼく》な瞳が「祝辞より他に優先すべきことは無かった筈《はず》だ」と暗に告げている。マイペースというよりは天然気質というべきだろう。

話に置いて行かれそうになったラミアはハッと我に返って会話に割り込む。

「そ、そんな事より！　いずれにしても、主権戦争の優勝候補と戦う事になるとは嬉《うれ》しい誤算なのだわ。ヘラクレスは〝アルカディア〟大連盟が解体した時に行方《ゆくえ》不明になったとジェームズから聞いていたのだけれど、思わぬ手土産《てみやげ》を得ましたわね」

一転、ヘラクレスは驚愕《きょうがく》と怒《いか》りを込めて吸血姫を睨む。

だがそれは船団を壊滅《かいめつ》させられた怒りによるものではない。

〝ノーネーム〟の本来あるべき名前を、この黄金の吸血姫は口にした。

その事実に対して、彼は怒りで総身を膨《ふく》らませた。

「それは此方《こちら》の台詞《せりふ》だ、吸血姫。失われた〝大連盟の名を口に出来るのはその所有権を持つ者のみ。それが意味するのは一つしかない」

〝アルカディア〟大連盟――かつて箱庭を席巻《せっけん》した最大級の連盟コミュニティ。

魔王《まおう》ディストピアを討《う》つ為に結成されたこの大連盟は六年前に謎《なぞ》の魔王に襲われ解体を余儀《よぎ》なくされ、現在は〝ノーネーム〟という蔑称《べっしょう》で呼ばれている。三年前の戦いで旗印と名声は取り戻《もど》せたものの、未《いま》だにその真の名を取り戻すには至っていない。

ヘラクレスはそれまで欠片《かけら》も見せなかった闘志《とうし》を立ち昇《のぼ》らせてラミアを睨む。

「娘よ。よもや貴様が〝大連盟の名称《めいしょう》を保有しているのか？」

「さあ、どうでしょう？　何《いず》れにしても此《こ》れから死に征《ゆ》く方には無用な情報だわ」

微笑《ほほえ》みながら影《かげ》を纏《まと》いラミアも臨戦態勢に入る。

精霊《せいれい》列車が到着《とうちゃく》する前ならば殺し合いも可能だ。力で奪《うば》うのは今しかない。

話し合いの余地なしというその姿勢に、ヘラクレスの相貌《そうぼう》も敵意に染まる。

「〝大連盟が〝名無し《ノーネーム》〟に堕《お》ちたその日から……俺はずっと、白夜王《びゃくやおう》の依頼《いらい》で貴様らの動向を探《さぐ》っていた。我らの弟子《でし》、我らの娘たる金糸雀《カナリア》が、名も知れぬ魔王に敗北するなど考えられない事態だったからだ」

旧〝ノーネーム〟が打倒《だとう》した魔王ディストピアは其《そ》れほどまでに強大な魔王だった。最新の詩人にして最強のゲームメイカーと称《たた》えられた金糸雀と〝アルカディア〟大連盟。

其れがたった一夜。僅《わず》か一度の夜で滅《ほろ》ぼされたのだ。

「千里眼《ラプラス》、第三点観測《アカシックレコード》、更には星辰集積測量《ディザスターレポート》の記録を見分しても尚《なお》、あの夜に何があったのかは不明だった。………だが漸《ようや》くだ。漸くその尻尾《しっぽ》を摑《つか》んだぞ、〝ウロボロス〟」

「それはそれは、随分《ずいぶん》とまた遠回りしましたものだわ。〝ウロボロス〟の前任は三年前にはもう下層で活動を再開していたという話でしてよ？」

優雅に髪を搔き上げて余裕《よゆう》の笑みを浮かべる。

三年前の〝階層支配者《フロアマスター》〟襲撃《しゅうげき》事件――〝煌炎《こうえん》の都《みやこ》〟で起きた大戦争は〝ウロボロス〟が事の発端《ほったん》であることは有名だ。参戦した魔王マクスウェル、混世《こんせい》魔王は死亡が確認されているものの、コミュニティの実態については誰《だれ》もが知ることとなっただろう。

だがそうではないと、ヘラクレスは首を横に振る。

「俺が探していたのは末端《まったん》の実働部隊ではない。〝大連盟の崩壊《ほうかい》の一夜を演じた者であり、〝ウロボロス〟の中枢《ちゅうすう》を担《にな》う者。それは即《すなわ》ち………裏切り者だ」

ラミアはその時になって初めて笑顔を消した。

同時に、ヘラクレスはレティシアを睨む。

「レティシア。偉大《いだい》なる〝龍の騎士《ドラクレア》〟よ。お前がそうなのか？　お前が裏切り者なのか？

――それとも、お前もなのか？」

「っ……」

問いかけられたレティシアは辛そうに視線を逸《そ》らした。

悲痛そうなレティシアを見たラミアは黄金の髪を戦慄《わなな》かせてヘラクレスを睨んだ。

「どの口で伯母様を裏切り者などと……!!!　ええ、いいでしょう！　素直《すなお》に太陽主権を渡《わた》すのなら生かしておくつもりでしたが、その不敬は万死《ばんし》に値《あたい》します！」

波間が揺《ゆ》れる。海の底から巨大《きょだい》な気配が浮上《ふじょう》し始める。

ヘラクレスは無手のまま構えて臨戦態勢に入る。

今まさに一触即発《いっしょくそくはつ》の雰囲気《ふんいき》が満ちていく中、それを制止する声が響《ひび》いた。

「待て待て待て、待てヘラクレス！　相変わらず事を荒立《あらだ》てる天才だな君は！」

両者の間に割って入る大量の糸の壁《かべ》。

そしてヘラクレスの側に下り立つ優男《やさおとこ》。

先ほどまで敵意に満ちていたヘラクレスは一転して瞳《ひとみ》を見開いた。

「………オルフェウス？　オルフェウスか!?　どうしたのだその若い肉体は!?」

「はは、質問の内容が場にそぐわないぞ。相変わらず己《おのれ》の疑問に素直だね。他に聞くべきことがあるんじゃないのか？」

「────……？」

「ようし、僕が悪かった！　君は一つ一つ疑問を解かないと納得《なっとく》しない人間だったね！　僕が若作りしているのは主権戦争の参加資格が肉体年齢《ねんれい》若くないと駄目《だめ》だからだよ！」

どうだ分かったかッ!!?　という自棄《やけ》っぱちの叫《さけ》びに、しっかりと頷《うなず》いて返す。

「そして裏切り者の件だけど……レティシアが僕たちの側に付いたのはつい最近だ。理由については黙秘権《もくひけん》を使わせてもらうよ」

「……そうか。ではやはり裏切り者はお前だったか、オルフェウス」

怒りの矛先《ほこさき》がレティシアたちからオルフェウスに向かう。だが意外には感じていないらしい。ヘラクレスが突き止めたという裏切り者がオルフェウスだったのだろう。

総身に漲《みなぎ》る怒りに身を任せ、ヘラクレスが一歩踏《ふ》み込む。

オルフェウスも真剣《しんけん》な表情を浮かべたが、まずは右手を出して制止した。

「待て、話を聞け」

「断る。貴様は仲間であれば頼《たの》もしいが、敵に回した時の厄介さは骨身に染《し》みて理解している。何より裏切り者の言葉なんぞに貸す耳は無い。問答無用で捕《と》らえさせてもらう」

空間が軋《きし》みを上げる。憤激《ふんげき》の相貌だけで大気が歪《ゆが》み大地が悲鳴を上げ始める。

ギリシャ神群最強の戦士───一つの神群の中で頂に立った者の力は生半な物ではない。

それは即ち一つの世界で最強の名を冠《かん》するに至った証《あかし》だからだ。

その栄冠《えいかん》の中でも突出《とっしゅつ》した力を持つヘラクレスが相手では、詩人の力を失ったオルフェウスなど吹《ふ》けば飛ぶ程度の存在でしかない。

「………話を聞く気はない。そう言うのかい？」

「ああ」

「箱庭と外界、その二つの危機を救う為《ため》の言葉でも？」

「くどい。俺が貴様の言葉を信じることがあるとすれば、貴様が今わの際《きわ》を迎《むか》える時だけだ。全《すべ》てを失うその瞬間《しゅんかん》に吐《は》き出た言葉であれば、裏切り者とて姦計《かんけい》には走るまい」

一歩、また一歩と距離《きょり》を詰《つ》めるヘラクレス。

だがオルフェウスは退《ひ》かない。瞳を閉じ、静かに彼の言葉を吟味《ぎんみ》する。

「………そうか。今わの際、命の炎が消える瞬間なら話を聞いてくれるのか」

然《しか》らば是非《ぜひ》もない。ヘラクレスが歩く歩幅《ほはば》よりも早くその懐《ふところ》に歩み寄り、オルフェウスは両手を広げた。

「ならば──今、此処《ここ》で討つがいい」

「何？」

虚《きょ》を突かれたヘラクレスは歩みを止めた。オルフェウスは腰《こし》に下げていた銀の竪琴《たてごと》を海辺に投げ捨て、完全に無防備なまま彼の前に立つ。

此れで今の彼には応戦も離脱《りだつ》も不可能となった。

鬼気迫る《ききせま》形相でヘラクレスを睨む《にら》オルフェウスは瞳と言葉に力を込めて叫ぶ。

「何を驚く《おどろ》。死の際の言葉ならば信じると、そう言ったのは君だろう？　僕は詩人だ。言の葉を紡ぐ《つむ》者だ。僕は僕の声が君に、観客に届くというのなら、喜んで命を差しだそう」

「っ………!?」

「さあ、討て。此処で討てッ!!!　そして我が断末魔《だんまつま》と共に、真実を聞くがいいッ!!!　僕の命と引き換え《か》に大英傑《だいえいけつ》ヘラクレスに言の葉が届くのならば喜んでそうしよう!!!　詩人オルフェウスの奏《かな》でる最期《さいご》の調べを以《も》って――――その胸に、誠《まこと》の声を届けて見せようッ!!!」

迫真《はくしん》の猛《たけ》りに、ヘラクレスは僅かに後退する。彼の知るオルフェウスはこの様な激しい感情を顔に出す男では無かったからだ。

何が彼を此処までさせるのか分からないまま、ヘラクレスはオルフェウスを睨み返す。

「馬鹿《ばか》な………!!?　詩人オルフェウスともあろうものが、詩《うた》を聞かせる為だけに命を賭《か》けるというのか!?」

「そうだともッ!!!　我らにとって言葉こそが剣《つるぎ》であり、槍《やり》であり、弓であり誇《ほこ》りである！

〝我が声よ、君に届け〟という想《おも》い一つで戦いに臨む以上、我ら詩人は何時だって己の詩に命を賭けてきたとも！」

そんな彼に、ヘラクレスは〝死なねば聞かぬ〟と吐き捨てた。

彼は土俵の外に出たつもりなのかもしれないが、実際はその逆だ。言の葉を届ける為に常に命を賭けてきた詩人にとってこれ以上の挑発《ちょうはつ》は無い。

「友よ。僕は酔狂《すいきょう》でこんな事を口にしているのではない。――時間が無いのだ。裏切り者の僕が、こうして裏切った君に懇願《こんがん》せねばならないほど最悪のイレギュラーが起きている。先ほども金糸雀の息子《むすこ》を説得してきたところだ。彼がどう出るかはまだわからない。しかし打てる手は全て打っておきたい。………いいや、打たねばならんのだ」

頼む、と頭を下げる。

ヘラクレスは拳《こぶし》を握《にぎ》ったまま動けなかった。確かにこの男は裏切り者ではあるが、人としての本質が変容してしまった様には見えない。

黄金の羊を求めて旅した時と同じく、魔王と対峙《たいじ》した時と同じく、彼方《かなた》に追いやられた過去の日々と何ら変わらない人間性が感じられた。

（………だが……オルフェウスが裏切り者であることに変わりは………！）

拳を強く握りしめてゆっくりと振《ふ》り上げる。此処でこの男を裁かねば、〝名無し《ノーネーム》〟に落ちた同士たちの怒りを誰が晴らすという。どの様な形で報《むく》いるという。

この三年で大きく名を上げて返り咲《ざ》いたとはいえ、この苦労は並大抵《なみたいてい》のことではなかったはずだ。不必要に多くの試練を与《あた》えられて傷を負ったことも少なくないだろう。

ましてや――オルフェウスを師として慕《した》っていた金糸雀は、どの様な想いを胸に死んでいったというのだ。

「………。金糸雀の育てた少年と話をした、と言ったな。その男はお前の話を聞いて、何と言ったのだ？」

「真実を確かめる、と言って走り出して行ったよ。あの場で殺されることも覚悟《かくご》していたのだけど、彼は僕の命なんかには興味が無かったようだよ」

「そうか。その命を奪う権利を持つ少年がそう口にしたのなら、俺も今は拳を収めよう」

ヘラクレスは振り上げた拳をゆっくりと下ろす。

直情的で激情家として伝承で知られるヘラクレスが、怒《いか》りと共に拳を退いたのだ。オルフェウスの言葉にどれだけの価値があったのかは推《お》して測るしかない。

「オルフェウス。お前の話を聞く前に一つだけ確認《かくにん》したい」

「何だい？」

「お前が裏切ったのは、連盟崩壊前か？　それとも後か？」

オルフェウスは少し動揺《どうよう》して視線を逸らす。其れは敢《あ》えて彼が口にしなかったことだ。口にして言い訳を紡いだところで罪が軽くなるわけではないと飲み込んだ言葉だ。

一連の話を聞いていたレティシアがすかさず助け船を出した。

「その優男が裏切ったのは崩壊後だ。それは私が保証する。そもそもこの極度の愛妻家が妻を置いて連盟を裏切ったりするものか」

「レ、レティシア。信頼《しんらい》を置くべきところがずれてないかい？」

ずれてないな、と断言するレティシア。

ヘラクレスはその言葉で胸の棘《とげ》が取れた様に優《やさ》しく微笑んだ。

「そうか……よかった。――――本当に、よかった」

心からの安堵《あんど》。安心と共に零《こぼ》れる笑顔《えがお》。古くからの友を疑い続ける咎《とが》を抱《かか》えるのは、如《い》何《か》に大英傑といえど辛《つら》い事だったのだろう。

獅子《しし》のような大型獣《おおがたじゅう》が懐《なつ》いてきたような、そんな無邪気《むじゃき》とも無垢《むく》ともとれるその優しい笑顔を向けられ、逆にオルフェウスが辛くなった。

「……はは。ずるいなあその笑顔は！　此《こ》れだからラテン系美丈夫《びじょうふ》は危険なんだ！」

「危険、なのか？」

「危険だとも！　そんな感じで次から次に無意識かつ無差別に母性本能を刺激《しげき》するからお前たち親子の被害者《ひがいしゃ》が……いや、この話は今度にしよう。時間がないのは本当なんだ」

友情を確かめ合っている場合ではない。掘《ほ》り返すと戦争になる話題もある。

今まで傍観《ぼうかん》していたラミアは少し不貞腐《ふてくさ》れた様子で告げる。

「ふん。オルフェウスが話をするのは構わないけど、其《そ》れは同時に私たち〝ウロボロス〟に与《くみ》するかどうかの決断を迫《せま》るという事でもあるのだけど。貴方《あなた》、理解してる？」

「さて、どうだかな。まずは話を聞いて欲しいというのがオルフェウスの遺言《ゆいごん》だ」

「あれ？　僕を殺さない方向で話は決まったんだよね？」

「遺言なら許されるという話でもないのです。詩人で無くなったオルフェウスなど、正に二流の中堅英傑《ちゆうけんえいけつ》。或《ある》いはそれ以下。そんな輩《やから》の遺言にそれほどの価値はありません」

「そろそろ僕も傷付くぞ！　こういう扱《あつか》いを受けたことが無いので反応に困るよ⁉」

「甘んじて受け入れろ。それが裏切りの罪と罰《ばつ》だ」

「裏切りの罪罰って随分《ずいぶん》と軽いな⁉」

オルフェウスは額を押さえて今の自分のポジションを嘆《なげ》く。

謳《うた》わない詩人、書かなくなった詩人の末路が惨《みじ》めなのはどの世界でも同じらしい。

コホン！　と声を上げて改めて注目を集めたラミアは立ち上がり、胸に手を当てて告げる。

「まあ、いいでしょう。私たちの話を聞けば貴方も己《おのれ》から〝ウロボロス〟に——いえ。〝ウロボロス〟第三連合に加入することになるでしょうから」

「第三連合？」

「見せた方が早い。この連盟旗を見てくれ」

広げられる〝ウロボロス〟の連盟旗。此れはヘラクレスも見たことがあった。

永遠、円環《えんかん》、無限などの意味を内包した〝ウロボロス〟を描《えが》く時は必ず〝己の尾《お》を喰《く》らう蛇《へび》〟として描くのが通常だ。

だが〝ウロボロス〟は連盟旗に〝互《たが》いの尻尾《しっぽ》を喰らい合う三匹《びき》の龍《りゅう》〟を描いた。

「三匹の龍……此れが連盟の内部構成を現す記号化か」

「ええ。〝ウロボロス〟は巨大《きょだい》な連盟。それらを統括《とうかつ》する為に三つの連合に細分化してコミュニティを形成しているわ」

「私やラミアが任されているのは最前線で戦う第三連合。三年前までは殿下《でんか》と呼ばれる少年が。今はこのラミアが盟主を任せられている。今までの戦いで主力である第一・第二連合で姿を見せたのは魔王《まおう》マクスウェルだけだ」

「伯母《おば》様伯母様。私も元々は第二連合だったのよ？　第三連合の盟主は第二連合から選ばれるのが掟《おきて》というだけで、私だって凄《すご》いのよ！」

エヘン、と胸を張るラミア。

ヘラクレスは少し眉《まゆ》を歪める。

「では、この娘《むすめ》を救ったのは……？」

「救ったと表現して良いモノかどうかはわからんが、〝ウロボロス〟の手によるものだ。私は数か月前にMr.ジェームズを名乗る者にその事実を告げられて此処にいる」

「伯母様はジェームズを嫌《きら》っているけど、彼は優秀《ゆうしゅう》な紳士《しんし》です。私が保証するわ。何時《いつ》かお母様と一緒《いっしょ》に三人で住めるように取り計らってくれると約束してくれたもの！」

レティシアの腕《うで》を掴《つか》み、嬉《うれ》しそうにはしゃぐラミア。

一瞬《いっしゅん》だけ陰《かげ》のある表情を見せるレティシアだったが、すぐに微笑《ほほえ》んで頷《うなず》く。

「………〝ノーネーム〟の皆《みな》に黙《だま》って出てきたのは申し訳なく思っている。だが〝ウロボロス〟の実態を掴む又《また》とない機会だと思ったのだ」

「わかった。お前を信じよう」

端的《たんてき》で力強い言葉。多くを語る必要がないと視線で訴《うった》えるヘラクレスに、レティシアも笑みで返す。

「それで本題だが………〝時間が無い〟、ということだったたな。アレはどういうことだ？

〝人類最終試練〟は全《すべ》て倒《たお》したのではなかったのか？」

ヘラクレスの疑問は尤《もっと》もだろう。

オルフェウスは外界だけではなく、箱庭までもが危機に陥《おちい》っているといった。だがそんな危機はこの三年で一度も無かった筈《はず》だ。

今も箱庭の風は穏《おだ》やかに世界を駆《か》け巡《めぐ》り、凶悪《きょうあく》な魔王が現れたという話も聞かない。

「……そう。今回の問題は魔王じゃない。只《ただ》のイレギュラーなんだ。本来なら歴史の片隅《かたすみ》でそっと閉じられるだけの悲劇。誰《だれ》にも知られることの無かった犠牲《ぎせい》。〝エネルギー革命〟という人類史の収束点を起こすその前段階でイレギュラーが起きたんだ」

痛烈《つうれつ》な思いでオルフェウスは言葉を紡ぐ。

金糸雀の師である彼しか知る筈の無かった一つの悲劇と犠牲。

それが何の因果か、この箱庭の世界に迷い込んできてしまった。

「きっと……悲しい結末が待っている。でも此れは〝ウロボロス〟がどうのとか、〝アヴァターラ〟がどうのとか、それ以前の話なんだ」

「……誰かがやらねばならぬ。そういう類《たぐい》の事件なのだな？」

「ああ。だからこそ僕が、」

「いや、俺が引き受けよう。お前は此処《ここ》で待っているがいい」

ヘラクレスはオルフェウスに背を向け、ラミアの下《もと》に歩み寄る。

彼女の前に跪《ひざまず》いた彼は、力強く宣言した。

「ギリシャ神群、大父神ゼウスの息子。半神ヘラクレス――〝ウロボロス〟第三連合に加入することを此処に誓《ちか》おう」

第六章

Last Embryo

水平線の向こうが夕焼けで赤味を帯びてきた頃《ころ》。

森林の獣道《けものみち》を掻《か》き分けて進んでいた十六夜《いざよい》は漸《ようや》く菩提樹《ぼだいじゅ》の樹《き》を見つけて、その枝が伸《の》びる方向へと駆《か》け出していた。

直に夜が来るだろう。そうなる前に確認したいことが山の様にあった。

可能であれば焔《ほむら》たちと合流して話を聞きたかったが、恐《おそ》らくは間に合わない。

詩人オルフェウス。奴《やつ》は十六夜と別れる時、こう口にした。

『夜までは待ってあげる。だからそれまでに心の準備をしておいて欲しい。もし次に邪魔《じゃま》するのなら、僕たちは全力で彼女たちを捕《つか》まえに行く』

――と。

（ハッ。心の準備をしておけとは、お優しい事だ）

悪態を吐《つ》きながら歯噛《はが》みする。苛立《いらだ》ちが募《つの》るのは、奴の語った真実に心が押されていたからだ。もしも奴の語った真実が事実ならば、十六夜に打てる手が何もない。

誰《だれ》かに頼《たよ》ろうにもそもそもの問題として、この事態を解決できる人間は恐らく人類史上に誰もいない。人類史上に存在しないのならこの箱庭にも存在しないだろう。

ならば神々に頼るしかないのかというと――恐らく、それも不可能だ。神々に解決出来る方法があるなら、遥《はる》か昔にそうしていたはずだ。

その事実を確かめる為《ため》に、十六夜は森の中を奔《はし》った。

陽《ひ》が落ち始めると菩提樹の先に人里の光が見え隠《かく》れし始める。十六夜は駆け抜《ぬ》ける様に速度を上げてその場に向かった。

森を抜けると突如《とつじょ》として光が強くなる。

松明《たいまつ》によって照らされたその場所は、巨大《きょだい》な建造物の入り口に広がる静かな街並みだった。

「あークソ、やっと着いた。こんなことならプリトゥから幾《いく》つか貰《もら》っておくべきだった」

探索《たんさく》するにしても森ばかりでは楽しくも何ともない。

精霊《せいれい》列車からばら撒《ま》かれた地図と十六夜が散策で作った地図を照らし合わせようにも、現在地がはっきりしないのではどうしようも無かった。

二枚の地図を広げた十六夜は照らし合わせつつ書き込みをしていく。

そんな十六夜に、若い女性の声がかかった。

「お前は………少女を連れていた男か？」

「うん？　そうだが、お前は？」

「私だ。森の中で戦っただろう？　仮面を付けていたからわからないか？」

腰《こし》に手を当ててムッとする女性。十六夜はその女性が牛仮面の戦士の一人だと気が付いて手を叩《たた》いた。

「ああ、あの時の牛仮面か！　思ってたより全然若くて驚《おどろ》いたぞ！」

「………。場合によっては決闘《けっとう》を申し込まれても仕方がない言葉だぞ、それは」

はあ、と呆《あき》れたようにため息を吐く牛仮面の女性戦士。

「まあいい。私はララァ。司祭補佐《ほさ》をしている者だ」

「司祭補佐………って、ミノア文明じゃ相当偉《えら》いよな？　王様の次の次ぐらいじゃないかそのポジション」

「場合による。私は司祭補佐の中では一番年若いし、それに我々の王は不在だ。滅多《めった》なことを口にして住民の反感をかうようなことは慎《つつし》むんだな」

ララァは十六夜に背中を向けながら手招きをする。

「丁度いい。先ほどの娘《むすめ》と、お前の仲間を名乗る者が待っている。付いてこい」

「………仲間？　プリトゥじゃなくてか？」

「あの女神《めがみ》は太陽主権戦争が開催《かいさい》されたと同時に精霊列車に向かった。あの様子だと主権戦争に関《かか》わるつもりは無いらしい。あの娘を頼《たの》むと言伝《ことづて》を貰っている」

それは何とも祈《いの》る甲斐《かい》の無い神様だ。

話を聞きたい肝心《かんじん》な時にいないとは、いよいよ以《も》って神も仏も無いらしい。

「それで、この建物は？　入って良いのか？」

「悪いが我らの聖地に入っていいのはゲームを進めた人間だけだ。お前はまだ資格が無い。

………それにまずは、仲間に会いに行ってやれ。お前が来るのを待っていたようだ」

建造物を囲う様に広がる街をララァに案内される。

白亜《はくあ》の建造物群が広がるこの街並みは典型的なギリシャ世界の文明だ。風通しが良く陽当たりが良いこの海沿いの街で過ごすのはさぞかし快適だろう。

とはいえ、十六夜には違和感《いわかん》があった。

（………随分《ずいぶん》と簡単な建築物しかないな）

古典的と云《い》えば上品に聞こえるかもしれないが、耐久力《たいきゅうりょく》や耐震性《たいしんせい》を考えるとこの街の建造物は雑の一言で斬《き》り捨てられるだろう。

見れば建築物そのものも何処《どこ》か新しい。

極《きわ》めて最近に建て直された家屋が数多く在る。建て直しにはそれほど負担がかからないだろうが、急造で拵《こしら》えたのが丸わかりだ。

どうやらこの街にも何か秘密があるらしい。

十六夜は心の隅《すみ》にその事実を書き留めつつ少女の下《もと》に向かう。

清潔な白いシーツに囲まれた建物で彼を迎《むか》えたのは、意外な人物だった。

「……イザ兄。漸く到着《とうちゃく》か」

遅《おそ》いぞ、と血塗《ちまみ》れの手とメスを洗いながら横目で咎《とが》める焔。此《こ》れには十六夜の方が驚いた。焔がアトランティス大陸に上陸したのはほんの一時間前の筈《はず》だからだ。

精霊列車から降車していく順序によってはまだ半時しか経《た》っていない可能性もあったはずだ。

「遅《おく》れたのは謝るが、そっちが速すぎるんじゃないか？　どうやって来た？」

「〝代行者権限《ゲストマスター》〟の力を使って女王に力を借りたんだよ。空間跳躍《ちょうやく》を依頼《いらい》して早々にこの地まで来たってわけ。〝契約書類《ギアスロール》〟は読んだんだろ？」

「ああ、なるほど。そういえば書いてあったな」

主権戦争の出資者たちの力による援助《えんじょ》。与《あた》えられた五つの権限を消費して焔たちは瞬《しゅん》時《じ》にこの地へやってきたのだ。

「五つしかない権限の一つを使っちまったから、意外にダメージは大きい。消費した分を回復する手段があるらしいけど今は不明だ。此処《ここ》から先は簡単に携帯《けいたい》電話でやり取りも出来ない。電波が通じていたのは女王の力だからな」

「出資者は安易に力を貸せない。此処からは参加者が競《きそ》い合う舞台《ぶたい》、ってわけか」

ゲームが開催されてしまった以上、迂闊《うかつ》に女王や釈天《とくてる》と連絡《れんらく》を取り合うことも出来ない。

まずは第一回戦であるアトランティス大陸をクリアするのが先決——ではあるのだが。

どうしても確認しておかなければならないことがあった。

隣《となり》の寝台《しんだい》で苦しそうに吐息《といき》を漏《も》らしている二人のアルビノの少女を十六夜は横目で確認し、端的《たんてき》に問う。

「焔。お前まさか、こんなところで手術していたのか？」

「緊急《きんきゅう》だったからな。二人の腕《うで》に取り付けられていたB.D.A——血中粒子加速器《Blood accelerator》は完全に癒着《ゆちゃく》していた。取り外すには表皮ごと引き剝《は》がすしかなかった」

カチャカチャと無機質な音を鳴らしてメスを洗い、隣に置いていた輸血パックを二人に施《ほどこ》していく焔。見れば部屋には医療《いりょう》機器や小型の電子機器が散乱している。

「……その道具はどうしたんだ？　何処で手に入れた？」

「俺のギフトカードの中に入っていたよ。釈天が用意してくれたらしい。他《ほか》にも麻酔《ますい》や小型太陽光発電装置、地質比較《ひかく》用の機器類、更《さら》には試作の粒子抑制剤《りゅうしよくせいざい》まで入ってやがった」

消えた五億円の使い道を知った焔は苦々しげな表情で奥歯を噛《か》む。

それは十六夜も同じことだった。

医療機器はともかくとして、粒子抑制剤なるモノまで釈天は用意していた。そんなものをギフトカードに収納していた理由は一つしかない。

御門釈天《みかどとくてる》――神王・帝釈天《たいしやくてん》は、この展開になることを予《あらかじ》め読んでいたいたのだ。

「………ふん。流石《さすが》は社長様。やることなすことに隙《すき》が無い。俺たちは奴の掌《てのひら》の上で踊《おど》らされてたってわけか」

「そういう言い方は良くない。少なくとも二人を助けられたのは釈天の手柄《てがら》だ」

「分かってる。悪態の一つも吐かなきゃやってられなかっただけだ」

アルビノの少女の下に歩み寄り、寝台に腰かける。少女は頬《ほお》を赤くしながら熱に魘《うな》されていた。枷《かせ》が嵌《は》められていた両手には包帯が巻かれ止血が施されている。

焔がB.D.Aと呼んだ代物《しろもの》――それが彼女の両手を覆《おお》っていた手枷だったのだろうか。

「そのB.D.Aって奴が、病状の原因か？」

「そうだと思う。それ以外には考えられなかった。体内の血中経路で少ない粒子を無理やり加速させていたらしい。体内に残っている粒子の量が少なかったから素体融解《メルトダウン》は起こらなかったけれど、いつ周囲を巻き込んで崩壊《ほうかい》してもおかしくない状態だった」

苦々しげに状況《じようきよう》を報告する焔。どんな状況であれ少女の生皮を刃物《はもの》で剝《む》いて剝がすというのは気持ちの良いものではない。

焔は研究者であって医者ではない。医師免許《めんきよ》を持っているわけでも無ければ、その心構えがあったわけでもない。人体について多少の知識があるだけだ。

癒着した手枷を骨も腱《けん》も断《た》つことなく剝がすのは心労の方が大きかったはずだ。

「試作品だけど抑制剤も打っておいた。これで駄目《だめ》なら俺には救えなかったってことだ」

「十分だ。俺一人じゃどうにも出来なかったからな。………大した奴だよ、我が弟は」

ヤハハと笑い周囲を見る。

如何《ど》やらこの場所に居る参加者は焔と十六夜だけらしい。

「鈴華《すずか》やお嬢《じよう》さまは？　アステリオスは連れてきてないのか？」

「彩鳥《あやと》は街を散策してる。鈴華とアステリオスはゲームの勝利条件と地図に違和感があるってことで、ちょっと外に出てる」

「違和感？　勝利条件と地図に？」

「そうらしいよ。鈴華は最近公開されたプラトン手書きの原本を読んでるから、何かに気が付いたのかもしれない」

……。ほう。

「おいおい、ちょっと待て。何だそのトンデモ情報源は。何処でそんなの手に入れた？

パチモンじゃねえだろうな？」

「発見されたのはローマ教皇庁の秘密文書保管所だから、パチモンってことは無いよ」

「ローマ教皇庁？　――ああ、あの馬鹿《ばか》みたいにデカい神秘の古典図書館か⁉」

「そうそれ。最近になって公開された最新情報だぜ。近年だと一部の資料を電子書籍《しょせき》化して一般《いっぱん》公開もし始めてるんだぞ」

――一瞬《いっしゅん》、粒子体もアルビノの少女も世界の危機も丸めて脳裏《のうり》から吹《ふ》っ飛んだ。

ローマ教皇庁の秘密文書保管所と云えば正に世界最大の神秘を集積した場所だ。

キリ〇ト教が布教されていく中で宗教的に禁書とされた書物も納められており、未《いま》だに陽の目を見ない書物が山の様に隠されていると噂《うわさ》されている禁足地。

それがまさか一部とはいえ、電子の海に情報が流されていたとは。

しかも電子情報ならば、いつでも十六夜が読むことが出来たという事ではないか。

読書家の十六夜にとって今後あるか無いかという機会を失ってしまった衝撃《しょうげき》は計り知れなかった。

嘆《なげ》くように片手で顔を覆った十六夜は、指の隙間《すきま》から恨《うら》めし気に焔を睨《にら》む。

「マ………マジかよ。逆廻《さかまき》十六夜、一生の不覚だ。この数年で一番ショッキングだぞ。外界にいるときは暇《ひま》を持《も》て余してたんだから教えてくれたっていいじゃねえかクソッタレ、俺だって拗《す》ねるぞコノヤロウ」

「お、俺に言うなよ。気付いたのは鈴華なんだから文句はそっちに言えよ」

「ならそうする。鈴華は後で情報的・雑巾絞《ぞうきんしぼ》りの刑《けい》だ。兄より情報的に優《すぐ》れた妹など存在しねえと分からせてやる」

焔は口元をヒクつかせつつ「あ、此れは本気で搾《しぼ》り取るパターンだ」と慄《おのの》いた。

まだ残念そうに悔《く》やむ十六夜だったが、何時《いつ》までも悔やんでばかりもいられない。溜息《ためいき》を吐《つ》いて地図と〝契約書類《ギアスロール》〟を広げた。

「それで、どの部分に違和感を覚えたんだ？」

「確か地図に記されてる単語についてだとよ。俺には何を言ってるのかわからなかったけど、鈴華曰《いわ》く———〝プラトンの原文と書かれている言葉が違《ちが》う！　プラトンの原文ではヘラクレスの石柱は、柱じゃなかった！〟………とか」

「………。はあ？」

十六夜は素《す》っ頓狂《とんきょう》な声を上げた。だが其《そ》れは十六夜が意味を理解していない、という意味ではない。むしろより深く理解していたが故《ゆえ》の素っ頓狂な声だった。

「いや、そんなわけないだろ。ヘラクレスの石柱ってアレだよな？　〝世界の果て〟に在るっていう石柱で、アトランティス伝承や〝十戒《じっかい》の試練〟にも出てくるぐらい有名だぞ」

〝ヘラクレスの石柱〟――――アトランティス大陸の捜索《そうさく》に於《お》いて最も重要なキーワードの一つに挙げられる名詞だ。何せ哲学者《てつがく》プラトンはアトランティス大陸が存在する位置を、〝ヘラクレスの石柱の向こう側だ〟と示していた筈だからだ。

この〝ヘラクレスの柱〟は当時のギリシャ世界に於いて地中海の向こう側を示す門であるジブラルタル海峡《かいきょう》を示し、〝世界の果て〟を意味するという。

「でもイザ兄。ヘラクレスの柱が正しいままだと、この大陸の元々の位置がおかしいことにならないか？　この大陸、元は地中海に在ったんだよな？」

「……………ほう。よく分かったな」

「地質調査をしてみた結果だよ。病原菌《きん》調査用でクレタ島の土を持ってたからな。その結果、殆《ほとん》どギリシャ近海の地質と一致《いっち》した。この大陸は〝地中海の外〟じゃなく〝地中海の中〟に在った可能性が高い」

壁《かべ》の端《はた》に置かれている土の入ったフラスコを振《ふ》り、断言する焔。

以前は釈天を責め立てたが、今は感謝してもいい。

嘘《うそ》だ。五億円は返して欲しい。

「………なるほどな。地中海の中に大陸があると仮定した場合、地中海の端に在るジブラルタル海峡がヘラクレスの柱だと、プラトンの文章に矛盾《むじゅん》するのは確かだ。だがヘラクレスの石柱が柱ではないっていうのは………それは、どうなんだろう？」

十六夜が最も驚《おどろ》いた理由が其処《そこ》にある。

彼が驚いたのは鈴華が語った、〝世界の果てに在るのが、柱ではない〟という点だ。

三年前に初めて召喚《しょうかん》された時——箱庭世界の東側にあるという〝世界の果て〟を見に行った時、十六夜は黒《くろ》ウサギからこう聞かされていた。

〝箱庭の世界に果てがあるのは、世界を支える軸《じく》が引き抜《ぬ》かれたからだ〟と。

十六夜はこの世界軸と呼ばれる柱をヘラクレスの柱だと推理し、当時は箱庭の世界そのものがアトランティス大陸に関係しているのではと推理していた。

………まあ箱の蓋《ふた》を開けてみれば、スケールが数十桁《けた》は違ったわけだが。

ともあれトリトニスの滝《たき》というアトランティス大陸に関連のある地名を付けられていたからには、〝世界の果て〟にかつて聳《そび》えていたものは〝ヘラクレスの柱〟で間違《まちが》いなかったはずなのだ。

なのに此処に来て鈴華の爆弾《ばくだん》発言だ。

十六夜でなくても素っ頓狂な声を上げるだろう。

（………チッ。この件については棚上《たなあ》げだ。今考えても答えは出ない）

〝世界の果て〟と世界軸はゲームに無関係だ。

まずはヘラクレスの柱の正否である。

「本当なら馬鹿馬鹿《ばかばか》しいの一言で一蹴《いっしゅう》するんだけども、原文を読んだ情報強者様の言葉だ。情報弱者の俺としては、根拠《こんきょ》も無しに無下には出来ねえな」

「うーん、珍《めずら》しく根に持ってるなイザ兄。そんなに気になるなら地図とゲーム内容を読み返してみれば？」

それもそうである。まずは平等に与《あた》えられた情報から噛み砕《くだ》いていこう。

十六夜は地図を手に取り主要な地域の名前を読み上げていく。

東の〝サントリーニの迷路《ラビリンス》〟。

北の〝牛飼いたちの放牧場《ファーム》〟。

南の〝オレイカルコス鉱山《マイン》〟。

西の〝ヘラクレスの石柱《ピラー》〟。

「………ふぅん？　迷宮《めいきゅう》とラビリンス、ね」

違和感《いわかん》はすぐに浮《う》き彫《ぼ》りとなったが、まずは〝契約書類《ギアスロール》〟の文面を全《すべ》て見てからだ。
十六夜はもう一枚ある契約書類《ギアスロール》を広げる。

『―　太陽の主権戦争　～失われた大陸編～　―

※太陽主権入手条件
①参加者同士の任意譲渡《じようと》（ゲームによる自由対戦を含《ふく》む）
②別紙の大陸地図に記載《きさい》されたゲームを解き明かし進めよ。
③尚且《なおか》つ、最も神魔《しんま》の遊戯《ゆうぎ》に相応《ふさわ》しい行動をした者に授与《じゆよ》。
④　　　　　　　　　　　　　　　　　　　　（後日記載）

※大陸内禁止事項欄《じこうらん》
①参加者はアトランティス大陸から脱出《だつしゆつ》してはいけない。
②参加者が脱出を試みる場合は勝利条件の謎《なぞ》を解く必要あり。
③参加者は大陸内で参加者を殺害してはならない。

※大陸の上陸順番について
精霊《せいれい》列車内で最も多くゲームで勝利した者は上陸する場所を選択《せんたく》できる。

上陸した者は各自の判断・自己責任で開催《かいさい》期間である二週間を過ごして良い。

※第一回戦勝利条件
幾重《いくえ》に重なり合った星を辿《たど》り、古き英雄《えいゆう》を訪ね、大父神宣言の謎を暴《あば》け。
太陽主権戦争進行委員会　印』

「…………ふむ」

一読し、考察していく。

シークタイムは約一五〇秒。

十六夜は一五〇秒間たっぷりと使い、文面を叩《たた》いた。

「迷路と迷宮……誤訳、混合……石柱と柱……重なり合う星…………ん？　重、な、り、合、う？」

ハッと十六夜は顔を上げ、焔に振り返る。

「焔！　この街の何処《どこ》かで〝石碑《せきひ》〟を見なかったか⁉」

「せ、〝石碑〟？　〝石柱〟じゃなく？」

「ああ。何なら街の外でも何処でもいい。それらしい物は見なかったか？」

「いや、街の中心で見たよ。大きな牛の絵と一緒《いっしょ》に石碑が祀《まつ》られていたと思う」

パン！　と、十六夜は両手を叩いて犬歯を剝いた。

「牛信仰《しんこう》の盛んな土地に石碑……なら間違いないッ!!!　なるほど、それなら確かに〝ヘラクレスの柱〟が石柱である必要はないし、一番謎だった矛盾も解ける！　やっぱりアトランティス大陸は、地中海の中に在ったんだ……!!!」

何かに気が付いた様に声を上げる十六夜。

焰は首を傾《かし》げて問う。

「何か気が付いたか？」

「おうよ。情報強者様々だ。まずは……〝迷路《ラビリンス》〟の誤訳・混合から。焰は〝迷宮〟と〝迷路〟が、全く別の概念だってことは知ってるか？」

「知ってるけど、流石《さすが》はイザ兄。間違い探しが速い。一読でそこに気が付くのか」

感心する焰だが、十六夜は以前にミノタウロス伝承の迷宮に挑《いど》んだことがある。十六夜は何かの参考になるかと思い、その時の文面を羊皮紙の裏に書く。

『ギフトゲーム名〝Minotaur　the　throne　in　labyrinth〟

参加者一覧：逆廻十六夜。
・参加資格①：太陽の主権（赤道・黄道不問）を一つ以上所持している。
・参加資格②：太陽神直系の血縁《けつえん》である。或《ある》いは太陽に纏《まつ》わる功績がある。
※注意事項※
・此方《こちら》の太陽主権予選ゲームはアナウンス無しに中断する可能性があります。これは全ての予選に該当《がいとう》する注意事項なので予《あらかじ》めご了承《りょうしょう》ください。
勝利条件①：〝迷宮の怪物《かいぶつ》〟の討伐《とうばつ》。
勝利条件②：ラブリュスの迷路を解き明かし、全ての牛頭を破壊《はかい》せよ。
宣誓《せんせい》：上記のゲームが公正に開催されている事を太陽主権戦争運営委員会は保証します。
第二次太陽主権戦争　進行役　〝ラプラスの小悪魔《こあくま》〟

「？　これは？」

「俺がミノタウロスのゲームに挑んだ時の文面だ。この文面の違和感は分かるか？」

焰は手を拭《ふ》いて羊皮紙を受け取り、十六夜が挑んだというゲームの謎を模索《もさく》する。

しばし無言で文面を眺《なが》めていた焰は頭を掻《か》きながら答えた。

「何は無くとも………まず、勝利条件に違和感がある。

勝利条件①：〝迷宮の怪物〟の討伐。
勝利条件②：ラブリュスの迷路を解き明かし、全ての牛頭を破壊せよ。

この様に前文では〝迷宮〟と記載しているにも拘《かか》わらず——後述では、〝迷路〟とわざわざ書き直している。これは明らかに主催者《しゅさいしゃ》側の意図が見え隠《かく》れしてるな」

「そうだ。〝迷宮〟と〝迷路〟は、全く別の概念だ。近年では同じように使われることが多いんだが、内部構造に決定的な違いがある」

「それは知ってるぞ。迷宮は〝一本道〟構造で、迷路は〝三叉路《さんさろ》など分かれ道がある〟構造ってことだよな？」

「そういうこと。——けど今回はこの言葉そのものに謎としての意味があるというわけじゃなく、謎解きの例文として使ってるんじゃねえか？」

「というと？」

「鈴華はこう言ったんだろ？　〝原文では石柱は柱じゃなかった〟って。アレはつまり原文に書かれた言葉——プラトンの書いた原文では〝石柱《stele》〟と書いてあったものを、後の時代で〝柱《pillar》〟と誰《だれ》かが誤訳してしまったってことなんじゃないか？」

　それは丁度、朝の段階で鈴華たちが話していたことだ。

〝異なる言葉に翻訳《ほんやく》される際に、翻訳者の主観が入ってしまう〟という原罪。

プラトンの書いた石柱を翻訳する際に〝石柱〟を〝柱〟と誤訳してしまったと鈴華は言いたかったのではないか？

「でも……それ別に誤訳じゃなくないか？　〝石柱〟でも柱は柱だろ？」

「おおっと世界を股《また》にかけてるわが弟の言葉じゃないな。〝迷路〟と〝迷宮〟が違《ちが》う概念である様に、〝石柱《ステラ》〟と〝柱《ピラー》〟は別の概念と言える。材質で使い分けられてるわけじゃないんだよ、〝石柱〟と〝柱〟というこの言葉は」

「……というと？」

「〝柱〟は家屋を支えたり物的な何かを支える物だが、〝石柱〟は主に宮殿《きゅうでん》や神殿を飾《かざ》り立てる物――日本の言葉で正しい意味だと〝石碑〟と呼ぶのが相応しいのさ」

神話伝承を石柱に描《えが》いたり、文章として残す意味合いの石碑だ。

他《ほか》にも土地の景観の為《ため》に平野の中心に設置されるものを〝石柱《ステラ》〟と呼ぶ。

時代によってはアンティークとしても愛用される石柱は、〝支える物〟としての意味合いで使われることは少ない。

使われるとしても、神霊《しんれい》が天を支える為の依《よ》り代《しろ》として使う類《たぐい》の用途《ようと》だろう。

「あ、それで街に石碑が在るかどうかを聞いてきたのか」

「そういうこと。加えて〝ステラ〟には複合語と同音異義語の二つが重なり合っている。

此れこそが誤訳の正体であり、〝重なり合う星〟の正体ってわけだ」

古代の言葉には一つの言葉でいくつもの意味を持つものがある。

此れは言葉の概念が未発達だった事や失われてしまった言葉による同一解釈《かいしゃく》で補われていることもあり、それがそのまま広がってしまい誤解されてしまう。

〝ステラ〟には三つの意味――〝星〟と〝石柱〟と〝石碑〟という意味があるのだ。

「星……ステラ……ならつまり〝幾重に重なり合った星〟っていうのは――!!!」

「〝石柱〟の多重解釈・ダブルミーニング！　勝利条件である〝幾重に重なり合った星を辿れ〟とはつまり、現地にある〝石碑〟を探し、謎を解き明かしながら勝利条件に近づけってことだ……!!!」

〝重なり合った星を辿れ〟というのが〝石柱を辿れ〟という意味ではやや解釈しにくいものの、〝石碑を辿れ〟という意味なら分かりやすい。

石碑とは一般《いっぱん》的に伝承などを書き記した遺物だというのは先述した通りである。

故《ゆえ》に〝星を辿れ〟とは、石碑に書かれている勝利条件のヒントを読み解いて勝利を目指せ、という意味なのだ。

「お、おお……専門外の事だけど素直《すなお》に感心してしまった。イザ兄って本当にコッチ系の知識は豊富だよな」

「ふふん、当然だ。初心者とは年季が違うからな。――と言いたいが、このゲームは入り口からしてかなり難易度が高い。原文の情報が無いと俺でもアッサリは解けなかった」

先ほどまでの自慢《じまん》げな笑顔《えがお》を消して急に真顔になる。

傍目《はため》には簡単に解いた様に見えるかもしれないが、そもそもこの謎を解いて漸くスタートラインだ。今まで十六夜が経験してきたゲームだと既《すで》に謎を解いて攻略《こうりゃく》を開始している情報量が、このゲームには出発地点を探《さぐ》る為に必要とされている。

加えて北と南の謎解きも残っているのだ。一朝一夕《いっちょういっせき》にはいかないらしい。

「最高難度のゲームというのは伊達《だて》じゃねえ、ってわけか。俺は最高難度でも究極難度でもノーフューチャーモードでもバッチコイだけど、他の参加者は大丈夫《だいじょうぶ》なのか？　スタートラインに立ったのが俺たちだけなんて洒落《しゃれ》にならないぞ」

「そ、そうだな。それはそれでゲームとして成立しないというか……でも〝石柱〟が〝石碑〟となると、地図に在る〝ヘラクレスの石柱〟っていうのはフェイクなのかな？」

「いやあ、まだわからない。フェイクに見せかけて謎が隠されているかもしれない。距離《きょり》が距離だから、女王の空間跳躍《ちょうやく》に頼《たよ》りたいところだが」

チラリ、と見る十六夜。

ケッ、と手を振《ふ》る焔。

「馬鹿《ばか》を言うなっての。此れは本当にいざという時の切り札だ。空間跳躍の他にも色んな使い道があるんだぞ」

「ケチ臭《くさ》いな。ウチと違って参加してる同志がいっぱいいるんだからいいじゃねえか」

「やかましい。沢山《たくさん》いると言ってもアルジュナは借り物だ。ジンから〝アルビノの女の子の情報を提供してあげるから、一回戦が終わったら彼を返して欲しい〟って言われたし」

ぬ、と十六夜は一転して表情を変える。

「……………そうか。アルジュナも居るんだったな」

「うん？　そうだけど、それがどうかしたか？」

「別に。アイツにも聞きたいことがあったってだけだ。此処《ここ》にいないなら後でもいい」

インド神話の大英傑《だいえいけつ》アルジュナ。

彼はオルフェウスが語ったアストラの継承《けいしょう》者の一人だ。彼ならばオルフェウスの知らない事実を知っているのでは――――などと考えていたが十六夜と彼は少し相性《あいしょう》が悪い。

僅《わず》かなやり取りで前回は口論になり、しかも完全勝利かつ完全論破してしまった。

後は今も健《すこ》やかに眠《ねむ》っているパラシュラーマに聞くしかないんだが――――前回の様に問答無用で襲《おそ》い掛《か》かられては話し合いも何も出来ない。

「……………ん？　ってことはお前、この美白少女の事も聞いたのか？」

「聞いたよ。全部聞いた。――――ああ、効いたよ。最悪の気分だった」

口元を押さえながら苦々しく吐《は》き捨てる。今日まで真っ当に生きてきた只《ただ》の少年にとってアルビノの少女たちが味わった地獄《じごく》は、箱庭以上の別世界に感じられたのかもしれない。

人が人を殺す戦場も知らず、何者かに殺害された不自然な死体も見たことは無い。

そんな善良な一般人に聞かせるには、生々しすぎる過去だ。

「話を聞いたときは、訳がわからなかった。白皮症を引き起こす原因因子が粒子《りゅうし》体の定着に優《すぐ》れていた、とかならわかる。もしそうなら大発見だ。B.D.A の安全な人体実験はどんなに早くても五〇年後になると推測されている。大幅《おおはば》な研究の短縮になるに違いない」

「――――大幅な短縮、ね」

「もしも白皮症患者《かんじゃ》にそんな特異性があるというのなら……それこそ食人主義者の援助《えんじょ》なんかに頼らず、表立って募集《ぼしゅう》すればいい。この組織がどうして裏でコソコソと活動しているのか俺には理解できない。莫大《ばくだい》な権威《けんい》や権益も恣《ほしいまま》に出来たはずなのに」

嫌悪感《けんおかん》と憤激《ふんげき》に苛《さいな》まれながらも、焔の思考は冷静かつ合理的だった。

十六夜は黙《だま》って焔の考察に耳を傾《かたむ》ける。

「となると、この組織の狙《ねら》いは初めから権益じゃないってことになる。一連の事件は無軌《むき》道《どう》ではあったけど、その結果は集約されていた」

〝天の牡牛《おうし》〟は粒子体の脅威《きょうい》と権威を。

クレタ島の疑似天然痘《ぎじてんねんとう》はその有用性を。

白皮症患者は研究を大幅に加速させることになるだろう。

「でもわからない。その恩恵《おんけい》を受けているのは俺と〝エヴリシングカンパニー〟だけだ。これじゃ敵は初めから、粒子体研究を推進させる為だけに組まれてる様にしか思えない。……ハッキリ言って、意味不明だ」

目的と行動が不明瞭《ふめいりょう》な敵、というだけではない。彼らの行動で利益を得ているのは焔たちだけなのだ。敵の行動理念が此処まで理解できないのが不思議でならない。

多角的に冷静に推理しても、他の理由が全く見えてこないのだ。

「…………。案外、それが理由なんじゃないか？」

「え？」

「お前たちの研究そのものが世界に認められて、研究が加速する様にする。それが目的なんじゃないかって話だよ」

「いやだから、その目的と理由は？　粒子体の研究を促進《そくしん》することにどんな意味が、」

「粒子体じゃなない。その先に在るものだ」

重々しく十六夜が口にする。焔は呆気《あっけ》に取られた。

「その先って……環境制御塔《かんきょうせいぎょとう》か？」

「ああ。もう動き始めてるんだろ？」

「馬鹿言うなよ。彩鳥の親父《おやじ》さんは乗り気だけど、アレはまだまだ夢物語で建設する位置も決まってないし、許可も貰《もら》ってない代物だぞ？　急いでも一〇〇年以内には不可能だ」

今はまだ子供の妄言《もうげん》だ、と笑う西郷《さいごう》焔。

〝星辰粒子体《せいしんりゅうしたい》〟を散布する環境制御塔を建設するにはまず粒子体の量産態勢を整え、各国の了承を得て、粒子体が人体に無害であることを広く知らしめねばならない。

他にも宗教的な問題や思想的な問題も数多く出てくるだろう。

その第一段階である量産態勢ですらまだ整っていないのだ。

このアルビノの少女を調べれば何かわかるかもしれないが、出来ればこの少女にこれ以上の負担をかけたくはない。せっかく助かった命だ。此れからは物騒《ぶっそう》な事件や研究からは切り離《はな》して生活させてやりたい。

粒子体研究は、ゆっくり進めて行けばいいのだから。

「この子は〝カナリアファミリーホーム〟で預かるよ。悪い奴《やつ》らには手出しさせない。釈天だって協力してくれるだろうし、あの野郎《やろう》には特大の借金があるからな。暫《しばら》く無料で孤《こ》児院《じいん》の警備をしてもらうのも悪くない。……いや、借金があるのに無料とは此れ如何《いか》に」

「焔」

二の句を許さない一言で焔の話を断《た》ち切る。

十六夜の言葉は短かったものの、それほどの重みがあった。

「お前の言い分は分かった。其《そ》れを踏《ふ》まえた上でもう一度質問する。敵の行動に全《すべ》て合理的な理由があると踏まえた上で――――それでも、い、環境制御塔を作らなければならない理由はなんだ？」

「そ……そんなこと言われても」

頭を掻《か》きながら困った顔をする。そういえば以前、スカハサも似たような前提を出してきた。だがそんな前提に意味があるのだろうかと疑問を呈《てい》さずにはいられない。

何せ全ての実験の被害《ひがい》が世界規模だ。それを救ったからこそ世界的に認知《にんち》されるようになったのだが――――その世界規模の犠牲《ぎせい》に見合う理由などあるはず無い。

「そうか。なら話を変えよう。お前はお前の父親……西郷博士が粒子体研究の前にどんな研究をしていたか知ってるか？」

「お、おう。それは聞いた。日本に眠る海底資源のエネルギー還元《かんげん》の研究だよな」

「そうだ。日本はエネルギー資源に乏《とぼ》しい国として知られてきたが、文明の進化と共に海洋資源が豊富であることが判明したことが事の始まりだ」

「……うん。メタンハイドレートを代表に様々な資源を上手《うま》く運用できれば日本を世界屈指《くっし》のエネルギー資源大国に出来るっていう親父の論文だよな」

日本の海洋には金銀銅の貴金属を始めレアメタルや石油、コバルト・リッチ・クラスト、そして海底に眠る最大のエネルギー資源・メタンハイドレートが眠っている。

石油、石炭よりも二酸化炭素排出《はいしゅつ》量が少なく環境《かんきょう》破壊《はかい》を抑えられると期待されているこのエネルギー資源の貯蔵量は、資産価値にして約一五〇兆円にも上るという。

粒子体研究・宇宙開発と並行して最も重要な技術開発とされているのが、海底に眠る海洋資源エネルギーの回収技術である。

「〝富める国、病《や》まぬ国を作るために、星の資源を有効活用し得る技術の開発を急がねばならない〟――――確か、そんな論文だったよな」

「日本は資源の乏しさから、過酷《かこく》な労働や私財の散財などで経済を高回転させることでしか生き延びられない。故に天然のエネルギー資源の回収は最優先である……とか」

焔は自分で口にしておきながら、星辰粒子体を何故《なぜ》に西郷博士が発見したのかという必然性と、日本で発見されたのかという必然性に行き当たり、静かに驚《おどろ》く。

星辰粒子体は被造物《ひぞうぶつ》だ。だが何処《どこ》で発見されたのかは判明していない。だがしかし西郷博士が海底資源を開発研究している最中に第三永久機関である星辰粒子体を発見したというのなら――オリジナルの粒子体が発見されたのは、間違《まちが》いなく日本の近海の何処かだ。

「海底のメタンハイドレート帯というと、海底火山の辺りかな。今までオリジンを探そうと思ったことが無かったけれど、どんな環境で作り出されたのかは分かるかもしれない」

「…………。そうか。やっぱり海底火山か」

十六夜は額を押さえ、苦悶《くもん》する様に歯嚙《はが》みした。焔はその反応を意外そうに見る。

今のはまるで、初めから焔の反応を知っていたかのような口ぶりだった。

「……イザ兄？　どうしてこんなことを聞いてくる？」

「説明したいのは山々なんだが、俺もどう説明するか悩《なや》んでいてな。言いたくないが混乱してる。――いや、違うな。原因は俺の怠慢《たいまん》だ。もっと早くに気が付くべきだった」

十六夜は顔を手で覆いながら、悔恨《かいこん》の言葉を漏《も》らす。だが後悔ばかりもしていられない。

「焔。もう時間が無いから、単刀直入に聞く」

「な、なんだよ」

今までに聞いたことの無い声音《こわね》に怯《ひる》む焔。

十六夜はしばし黙った後、絞《しぼ》り出すような声で問うた。

「お前は――星の大動脈決壊《けっかい》・〝破局的大噴火《ウルトラボルケイノ》〟って言葉を知ってるか？」

——……キョトン、と。

焔は十六夜から零《こぼ》れた言葉を飲み込み、暫く放心した。

いや、言葉の意味は知っている。

今朝の話にも出てきた地政学者からも、その言葉は出てきた。

その時はアトランティス大陸の話題で流されて話す機会が無かったが、それでも聞いたことぐらいはあった。

だがそれが今の話にどう繋《つな》がるのか、彼の脳が認識を拒《こば》んだ。もしもその地獄の窯《かま》が全ての発端《ほったん》であり元凶《げんきょう》だというのであれば——敵と呼んでいた勢力の行動に、明確な理由と正当性があるのではと勘違《かんちが》いしてしまう。

焔が放心して黙り込む中、十六夜の表情が急に強張《こわば》った。

「……焔。話は終わりだ。道具をギフトカードに仕舞《しま》ってこっちに来い」

「な、なんで？」

「如何《どう》やら悠長《ゆうちょう》に話しすぎたらしい。………外に誰かいる。今すぐこっちに来るんだ」

十六夜の声は静かながらも緊迫《きんぱく》していた。何時《いつ》から扉《とびら》の外にいたのかは知らないが、今この瞬間《しゅんかん》を迎《むか》えるまで全く気配を感じられなかった。

今更《いまさら》になって気が付いたのは、外にいる何者かが気配を消すことを止《や》めたからだ。

扉一枚向こうから感じられる異質な気配を感じていた十六夜は、己《おのれ》が拳《こぶし》の中に僅かな冷や汗《あせ》を掻き始めていることに気が付く。

並の敵ではない。それも恐《おそ》らく、敵は一人だけではない。

パラシュラーマや牛魔王《ぎゅうまおう》と同等――或《ある》いはそれ以上の実力を持つ者が、僅か数歩先で待機している。

十六夜は今まで相対した中の誰とも似つかない強大な気配を感じていた。

焔は言われるままにB.D.Aや医療《いりょう》機器をカードに仕舞って十六夜の下《もと》へ小走りする。

(オルフェウスだけじゃない………もう一人、とんでもない奴がいるぞ………!!?)

十六夜は焔と寝《ね》ている少女を傍《そば》に寄せ、相手の出方を見る。

扉越《とびらご》しに敵意を飛ばしてけん制し合っていた両者だったが――意外にも、先に動いたのは外の人物だった。

「………中々の胆力《たんりょく》ですね、逆廻十六夜。アルジュナが不在と聞いて威圧《いあつ》してみましたが全く物怖《ものお》じする気配が無い。此れは手を誤りましたか、オルフェウス」

「………君が勝手にやったことだ。僕から語ることは何もないね、クリシュナ」

「な………!!?」

クリシュナ——オルフェウスは今、クリシュナと呼んだのか。

十六夜は寝台《しんだい》から腰《こし》を上げて臨戦態勢に入る。もしも外にいるクリシュナという男が本当に十六夜の知るクリシュナならば、今までの敵とは比べ物にならない。

焔も寒気がするようなその気配に堪《たま》らず声を震《ふる》わせる。

「イザ兄……クリシュナって……？」

「〝アヴァターラ〟で一番有名な男だ。ダビデや釈〇、キリ〇トは聞いたことあるだろ？一説では、そういった〝救世主思想〟の原典になったほどヤバい奴だ」

〝アヴァターラ〟第八の化身《けしん》・聖仙クリシュナ。日本でこそ有名ではないが、世界規模で知られている神霊《しんれい》であり、同時に救世主の一人に数えられる者。

だが解《げ》せない。オルフェウスはその服装に〝ウロボロス〟の旗印を刻んでいた。

〝アヴァターラ〟はその〝ウロボロス〟から離反《りはん》したのではなかったのか。

「おや、中の雰囲気《ふんいき》が変わりましたね。——いいでしょう。此れぐらい怯《おび》えてくれたのなら交渉《こうしょう》もしやすいというもの」

同時に十六夜たちを威圧していた気配が雲散霧消《うんさんむしょう》した。

扉を開き、悠々《ゆうゆう》と入ってくる侵入《しんにゅう》者。

十六夜と焔は入ってきたその人物の顔を見て瞳《ひとみ》を見開いた。

獅子《しし》の様に荒《あ》れた亜麻色《あまいろ》の髪《かみ》。明らかにラテン系を彷彿《ほうふつ》とさせる顔立ちの少年。歳《とし》は焔と同じぐらいというところだろうか。

十六夜はその面貌《めんぼう》に困惑《こんわく》した。

（……どういうことだ。この姿は、どう見てもギリシャ圏《けん》の出身にしか見えないぞ）

威圧感《いあつかん》はある。底知れない力も感じる。だが出《い》で立ちは腑《ふ》に落ちない。

神の化身でもあるクリシュナはその身形も霊格に反映されるはずだ。アルジュナが青髪だった事に鑑《かんが》みれば、クリシュナの髪の色は伝承的に黒でなければならない。そんな十六夜の疑問を察したクリシュナは、自分の身体《からだ》を見返して困ったように微笑《ほほえ》んだ。

「ああ、この身体ですか。此れは借り物です。事情を説明したヘラクレスが愚《おろ》かな行動に出ようとしたので、大人しくさせる意味でも少し強引《ごういん》に身体をお借りしました。彼の肉体が若返ったのは、太陽主権を手放したからでしょう」

「っ………‼︎?」

今度こそ十六夜は耳を疑った。お借りしたと柔《やわ》らかく言ったが、其れはつまり肉体を乗っ取ったという事だ。武・知・勇の三要素のうち、武の極《きわ》みに達した英雄《えいゆう》の肉体をこうも簡単に奪《うば》ったというのか。

「では改めて挨拶《あいさつ》を。――御初《おはつ》にお目にかかります。私は〝アヴァターラ〟第八の化身。名をクリシュナ。そしてアルジュナの悪い友人。とある理由から、其処《そこ》の二人の実験体を引き取りに来ました」

某《ぼう》黒ウサギに意趣《いしゅ》返しするように名乗るクリシュナ。

十六夜は拳を握《にぎ》りしめ、前傾《ぜんけい》になって体重を乗せる。

だがクリシュナは右手を前に出して彼を諌《いさ》めた。

「まあ、待ってください。まずは話をしましょう。我らの話を聞いてくれたのなら、自《おの》ずとその少女たちを差し出してくれるはず」

「へえ？　でもヘラクレスはその話を聞いて、お前に逆らったんだろう？」

「そこを突《つ》かれると私も辛《つら》い。――ではまず、彼に何を話し、彼がどの様な理由で愚挙《ぐきょ》に出たのかを説明します。それでいかがでしょう？」

十六夜は警戒《けいかい》したまま瞳を細める。だが彼の言葉も一理あると感じて先を促《うなが》す素振《そぶ》りをすると、クリシュナは静かに微笑みを浮《う》かべ。

ヘラクレスに語った、世界の真実を口にした。

Last Embryo

「――人類史のタイムリミット、だと？」


ヘラクレスは旧友の口から飛び出した言葉に愕然《がくぜん》とした。

その事実を口にしたオルフェウス自身も、苦虫を噛《か》み潰《つぶ》した様な顔で話を続ける。

「そうだ。人類には当初ね、星の定めたタイムリミットが存在していたんだ」

「地獄《じごく》の窯の正体。それが破局的大噴火。史上最大級の星の息吹《いぶき》によって、人類は滅《ほろ》びを迎える筈《はず》だった」

火山活動の中でも最大級の物を俗《ぞく》に〝巨釜噴火《カルデラボルケイノ》〟と呼ぶ。

強大すぎる星の力によって噴出《ふんしゅつ》した土石流は時に大地を造り、時に大陸すら木っ端微《ぱみ》塵《じん》に吹《ふ》き飛ばす最大最強の自然災厄《さいやく》である。大地に残された傷跡《きずあと》の形状から巨釜《おおがま》や大杯《たいはい》などの意味を持つ〝カルデラ〟という名で呼ばれるようになったのだ。

核《かく》兵器の三〇〇〇億倍と推定されるその力の奔流《ほんりゅう》は大陸を砕《くだ》き、巻き上げられた粉塵は空を覆《おお》って太陽の光を遮《さえぎ》り、数百年に及《およ》ぶ氷河期で星を包み込むという。

「大嵐《おおあらし》、洪水《こうずい》、疫病《えきびょう》、放射線。様々な問題を人類と神は攻略《こうりゃく》してきたけれど、最後のその一つだけはどうにもならなかった」

「故《ゆえ》に終末を呼ぶ地獄の窯か………噂《うわさ》には聞いていたが、それほど恐ろしい物なのか」

慄《おのの》くようなヘラクレスの言葉を受け、金髪《きんぱつ》の吸血姫ラミアが自慢《じまん》するように胸を張る。

「当然です。人類史を百は滅ぼして余りあるその力は、人類が少し頑張《がんば》ったところで立ち向かえるものでは無いのです。そしてその不可能を可能にした者こそが、」

「環境制御塔《かんきょうせいぎょとう》。西郷《さいごう》と呼ばれる男が発案した、星を管理するバベルの塔というわけだ」

ラミアを遮る様にレティシアが続く。

発言を途中《とちゅう》で遮られたラミアは拗《す》ねたように唇《くちびる》を尖《とが》らせた。

「……………ふん。伯母《おば》様がそう言うなら、その前提で話を進めましょう。まあ要するにその環境制御塔は、人類を救うために必要不可欠な収束点なの」

「〝人類滅亡《めつぼう》の形骸化《けいがいか》〟……別名〝神殺し〟と呼ばれる終末の獣《けもの》たちを打倒《だとう》した末に、箱庭はその救済の力が人類の手に渡《わた》るよう歴史を正す事に成功した」

「けど人類救済の力を得た人類は、その力を使って自滅する未来が確定してしまったの」

此れこそが〝人類最終試練〟――人類が人類を死滅させる三体の魔王。

〝絶対悪〟魔王アジ＝ダカーハ。

〝閉鎖《へいさ》世界〟魔王ディストピア。

〝退廃《たいはい》の風〟魔王エンド・エンプティネス。

当時の箱庭に〝踏破《とうは》不可能〟と太鼓判《たいこばん》を押された最強の魔王である。

「……そうか。人類から疑似《ぎじ》エーテル体を取り上げれば人類の自滅は避《さ》けられる。しかしその場合、〝神殺し〟たる終末の獣たちによって人類までもが死滅する」

「そうだ。……いやまあ、途中で白夜王《びやくやおう》の物言いと暴走もあったがそれは兎《と》も角」

「この状況《じようきよう》を打破するには人類その物の倫理《りんり》観が進化するしか道が無かった。その果てに漸《よう》く逆廻十六夜《さかまきいざよい》がアジ＝ダカーハを倒《たお》し、それによって〝退廃の風〟も止まり、人類史はその完成に向けて歩き始めた――はずで、し、た」

オルフェウスとレティシアは沈鬱《ちんうつ》に黙《だま》り込む。

心優《やさ》しい二人に、此処《ここ》から先の事を口にするのは憚《はばか》られた。

この先を口にすれば、どう足掻いても悲劇にしかならない。悲しみしか待っていない。誰《だれ》にも知られないまま人類史の闇《やみ》に沈《しず》むはずだった二つの命。それをどう説明するか迷っていると――穏《おだ》やかな風と共に、ヘラクレスの背後から声が響《ひび》いた。

「回りくどいですね、オルフェウス。彼にはハッキリと言ってあげた方がいいのでは？」

「っ、誰だ⁉」

ヘラクレスは振《ふ》り返り、声の場所に向かって拳を振るう。水平線に向かって突《つ》き出された拳はその圧だけで巌《いわお》を砕き海を裂《さ》いたが、その気配に当たることは無かった。

尚《なお》も何処《どこ》からか響くその声は、穏やかな気配のまま続ける。

「私はクリシュナ。〝アヴァターラ〟第八の化身にして〝ウロボロス〟創始者の一人」

「っ……〝ウロボロス〟の創始者だと……⁉」

「ええ。貴方《あなた》が盟約に加わると聞いて、其《そ》れはもう大急ぎで海の向こうから飛んできました。〝英雄〟の語源に通じる半神《ヘーラー》の貴方にならば事実を教えるべきですし、協力を仰《あお》ぐに吝《やぶさ》かではありませんから」

轟々《ごうごう》と吹く黒い風の向こうから声がする。しかしその姿は見えない。

ヘラクレスは拳を構えたまま静かに声のする方角を睨《にら》み、感覚を研《と》ぎ澄《す》ませる。

「では結論を。あの少女たちは人類を救うための人身御供。つまり生贄《いけにえ》なのです」

「……生贄だと？」

「あの二人が死なねば、粒子体《りゅうし》研究が破局噴火《ふんか》の沈静《ちんせい》に間に合わない。故にあの二人は、世界を救う運命によって殺されるのです」

「な――!!?」

そんな馬鹿《ばか》な!!? と声を張り上げるヘラクレス。粒子体研究の事は何もわからないヘラクレスだが、謎《なぞ》の男の言葉は単純であるが故に理解できた。

つまりアルビノの少女たちの肉体が必要というのは正しくなく。

必要なのは、研究材料である彼女たちの死体なのだ。

「そんな……そんな邪悪《じゃあく》な研究で、世界が救われるというのか……!!?」

「ええ。此れぞ〝絶対悪〟の支柱を成す事件の一つ。人類救済に必要な犠牲《ぎせい》であると同時に、何時《いつ》か人類を滅ぼすはずの芽」

その涼《すず》やかな声を受け止めたヘラクレスは、憤激《ふんげき》の余り肉体が数倍に膨《ふく》れ上がったかのような錯覚《さっかく》を起こす。

獅子の鬣《たてがみ》にも似た亜麻色の髪は戦慄《わなな》き怒《いか》りで逆立ってすらいた。

星の大動脈の決壊《けっかい》。火山噴火による神話の終焉《しゅうえん》、及《およ》び神話の始まりというのは珍《めずら》しい話ではない。それらは文字通り災厄というカテゴリーの中で最大の力の結晶《けっしょう》だ。

其れを抑《おさ》えるという事は、人類と神話の完全なる決別となるだろう。

だがその儀式《ぎしき》に幼き命を捧《ささ》げるというのなら。

人類が積み重ね学んできた倫理の進化とは、いったい何だったのだ。

人類を滅ぼす〝絶対悪〟に立ち向かい、人類の軌跡《きせき》を無に帰す〝閉鎖世界〟を乗り越《こ》え、〝退廃の風〟の顕現《けんげん》を阻止《そし》せんと戦い続けた箱庭の歩みは何だったのだ。

「っ…………」

本来なら過去の人間である自分が己《おのれ》の意思《エゴ》だけで未来に直接関与《かんよ》するべきではないが――

――どんなイレギュラーが起きたにせよ、その少女たちの命は己の手の届く場所にある。

魔王ディストピアを倒した最後の詩人は外界で散った。ならば師の一人として、その実験体の少女の行く末を見届けねばならない。全《すべ》ての善悪は己《おの》が目で見定めてこその物だ。

しかし踵《きびす》を返すヘラクレスを阻《はば》むように、黒い風が吹いた。

「ヘラクレス。何処に行くのです」

「先ほどの加入宣言は撤回《てっかい》だ。俺はその運命の当事者たちに会いに行く」

「無責任な言葉だ。運命とは事象の積み重ねによって起きる物。我らの役目は終わり、未来はその時代の人間に託《たく》された。己は過去の遺物だと言ったのは貴方ではないか」

「言ったとも。しかしこの箱庭で起きうる歴史は共有財産だ。俺たちの築いた先にある運

が、今は本気で拳《こぶし》を握《にぎ》りしめていた。

命が、歴史が、この箱庭に召喚《しょうかん》されたのなら。其処に関与する権利は十分にある」

吐《は》き捨てる様にヘラクレスは背を向ける。ディストピア戦争の時でさえ後陣《こうじん》に徹《てっ》した男が、今は本気で拳《こぶし》を握《にぎ》りしめていた。


この話が本当ならば、少女たちの死を願うものは一人や二人ではない。

神々を含《ふく》めた全世界の命に死を望まれ、宿命付けられていることになる。

父もなく、母もなく、身寄りはこの世に誰一人としていない実験体《モルモット》。

人間扱《あつか》いさえされなかった施設《しせつ》の中で生まれ育ち、最期《さいご》は人類救済などという御《ご》高説の為に死ねと宣告される。此れを聞いて憤激しない英傑《えいけつ》は居ないはずだ。

……………きっと、ヘラクレスであっても守り抜《ぬ》くことは出来ないだろう。

だが誰か、誰かが立ってやらねばならない。そんなふざけた運命に、万感の怒りを込めた拳を誰かが打ち付けねばならない。

そうしてやらねば……………幼き命たちが余りにも報《むく》われないではないか。

「謎の男よ。貴様は運命に頭《こうべ》を垂れ、膝を突いて、媚《こ》び諂《へつら》うがいい。俺はもう御免被《ごめんこうむ》る。そういうのは外界で十分に経験した。運命に拳を突き立てなかった男の末路が悲惨《ひさん》なものだと、俺は身を以《も》って経験した。――――その過去を変えようなどと愚《おろ》かなことは考えぬが。同じ後悔《こうかい》を新時代の人間にさせないことこそ、今の俺の使命だ」

曰《いわ》く愚者《ぐしゃ》は経験から学び、賢者《けんじゃ》は歴史から学ぶという。

ヘラクレスという英傑は己の浅慮《せんりょ》で愚者に堕《お》ちるかもしれない。だが未来に生きる者を賢者にしてやることは出来る筈だと、怒《いか》れる瞳《ひとみ》が訴《うった》えていた。

「…………そうですか。残念です」

落胆《らくたん》の色を込めた静謐《せいひつ》な声。残念だと口にしたのは、きっと本心だったのだろう。

ギリシャ神群最強の戦士ヘラクレス。

太陽の主権にも数多くの功績を残した英傑。

そんな彼が自分の意志で残ってくれないことに落胆した男は、

「つまり貴方は、世界を滅ぼす敵――という事でいいのですね？」

刹那、大気が軋みを上げるほどの殺気が集団を包んだ。

声の雰囲気《ふんいき》が冷たく無慈悲《むじひ》なものへと変わり、黒い風がヘラクレスを包み込む。ヘラクレスは反射的に腕《うで》を振って抵抗《ていこう》したが、黒い風は全く揺《ゆ》らぐことなく吹き荒《あ》れる。

「貴様…………!!!」

「安心してください。命までは取りません。ただ私もカルキによって封印《ふういん》されていて、身動きが取れない状況にあります。なので暫《しばら》くは貴方の身体《からだ》をお借りしようかと」

「ふざけるな！　そんな真似《まね》を許すと…………思う、ガッ…………!!?」

黒い風が吹き荒れ、ヘラクレスの身体を侵食《しんしょく》していく。

その闇の深さに驚嘆《きょうたん》した。今まで外界・箱庭で神々や巨人族《きょじん》から呪《のろ》いを受けてきたが、それら全てを集約したより遥《はる》かに濃《こ》い。

明らかに一つの神群が可能とする呪詛《じゅそ》の濃度《のうど》を超《こ》えている。

加えて太陽主権を三つ所有している今のヘラクレスは、最強種である生来の神霊《しんれい》すら超える力がある。その彼にして、この黒い風に手も足も出ないというのか。

「ほう。太陽主権を三つも所有していましたか。――素晴《すば》らしい。此れで我ら〝ウロボロス〟の優勝は約束されたようなものでしょう」

失いかけていた意識が、その一言で覚醒《かくせい》した。

彼の所有する太陽主権は三つのうち二つが白夜王から譲《ゆず》り受けたもの。

主権戦争の主催者《しゅさいしゃ》の一人として授《さず》けるに相応《ふさわ》しい者を選出し、正しき者を導いて欲しいと前回の優勝者から任された信頼《しんらい》の証《あかし》だ。

其れをこのような形で奪《うば》われることは絶対に在ってはならない。

ヘラクレスは総身を震《ふる》わせ、絞《しぼ》り出すように叫《さけ》んだ。

「………っ……白羊宮の化身《けしん》アルゴー!!!　貴様に我が天秤宮《ライブラ》と人馬宮《サジタリウス》を託す！　星の海を渡り、今すぐに逃《に》げろ!!!」

『あいよ、任されたッ!!!』

突如《とつじょ》、海に打ち棄《す》てられた船の残骸《ざんがい》が巨大《きょだい》な羊の姿に変幻《へんげん》した。少女のような声で嘶《いなな》いた金の羊は二つの主権をその身に宿し、星の海へ舞《ま》い上がって消えていく。

黒い風の主は突然《とつぜん》のことに驚《おどろ》きながら、残念そうにため息を吐いた。

「……ふむ。失念していました。アルゴー船は神樹から造られた己の意思を持つ船。山羊座の楯《たて》と同じく、自律行動が出来る主権なのですね」

「フッ………気付いたところで、もう……遅《おそ》い………!!!」

「何、構いませんよ。ヘラクレスの肉体を借り受けられるなら十分に釣《つ》りがくる。太陽の主権戦争が終わるまで、ゆっくりとお休みなさい」

其れがヘラクレスの耳に届いた最後の声。

黒い風が晴れた時、その場に残されたのは――――太陽の主権を失い、少年となった英雄《えいゆう》の姿だった。

第七章

Last Embryo

「――以上が我々とヘラクレスとの間にあった会話と、事の顛末《てんまつ》です」

質問はありますかと、微笑《ほほえ》みながら問いかけてくるクリシュナ。事細かく正確に話してくれたのはこの男の性分《しょうぶん》からくるものだろう。

だが話を聞いていた十六夜《いざよい》と焔《ほむら》はそれどころではない。

二人はそれぞれが別の意味で絶句していた。

言葉を失ったまましばし睨《にら》み合う中、先に十六夜が口を開く。

「……クリシュナ。お前が〝ウロボロス〟の創設者の一人だと？」

「はい。今はカルキに敗れ封印《ふういん》されている身ですが、その様に捉《とら》えていただいて結構。他《ほか》に質問はありますか？」

穏《おだ》やかで人徳に溢《あふ》れた声。

この声がその苛烈《かれつ》な行動に似合わず聞き手を困惑《こんわく》させるのだろう。神聖で厳《おごそ》かな雰囲気《ふんいき》に包まれた声は肉体ではなく魂《たましい》から溢れたものだ。

　──しかし、その行動は最悪である。

　ヘラクレスの怒《いか》りは尤《もっと》もだ。

　彼が憤激《ふんげき》してくれたおかげで十六夜は冷静で居られると言ってもいい。先ほどのクソッタレな話を聞いて、己《おのれ》と同じ怒りを抱《いだ》いてくれた者がいるのは心強かった。

　そんな英傑《えいけつ》から無理やり体を奪《うば》った男が目の前にいる。

　競《きそ》い合うことを密《ひそ》かに楽しみにしていた英傑の高潔さを、踏《ふ》みにじった男が。

「ハッ。救世の〝アヴァターラ〟が聞いて呆《あき》れる。まさか〝ウロボロス〟創設に関《かか》わっていたとはな。流石《さすが》は違約《いやく》の英傑アルジュナの御《ご》友人。戦争を止める為《ため》ならあらゆる手段を使う男は、その独善っぷりも並じゃねえ」

「ほう。その口ぶり、私の事を知っているようですね」

「そりゃあ知ってるさ。〝救世主思想〟の原典クリシュナ──ヘブライの旧約聖書に記述されたダビデ王のモデルという説もある、古代インドの土着の太陽神だろ？　一説では当時、最強の軍神だったインドラと戦ったという逸話《いつわ》も残っているらしいな」

　此《こ》れは紀元前一五〇〇年代以後に起きた〝高貴なる民《アーリアン》〟の民族的大移動で記録された神話だ。聖典〝リグ・ヴェーダ〟を信仰《しんこう》していたアーリア人たちは中央アジアから東西南北に向けて大移動を開始し、その土地の土着の民族たちの中にその血を残していったと伝えられている。神王インドラと太陽神クリシュナの戦いは、異民族と土着の民《たみ》の戦いの代理戦争であるという解釈《かいしゃく》もあるという。

クリシュナは夜空を見上げ懐《なつ》かしむ様に微笑んだ。

「懐かしい話を持ち掛《か》けますね、君は。――――ええ、そうです。時代の王と呼ぶべき最強の軍神インドラ。彼が神王として戦った最後の相手がクリシュナこと、私です。そして人間に降天した私はその戦いを縁《えん》にアルジュナと出会い、生涯《しょうがい》の友となった」

「ふぅん？　アルジュナと友に、ねえ。その割には随分《ずいぶん》と非道な事を強《し》いて来たように伝説じゃ語られてるがな。アルジュナたちが行ったという兄弟殺し、師匠《ししょう》殺し、長老殺し。――――その姦計の全てに関わっているのが、お前だろう？」

有りっ丈《たけ》の侮蔑《ぶべつ》を込めて十六夜がクリシュナを睨む。

涼《すず》やかな瞳《ひとみ》のクリシュナは微笑みのまま先を促《うなが》す。

インド神群の大英傑アルジュナとクリシュナ――――二人は叙事詩《じょじし》〝マハーバーラタ〟で起きた最大の戦争で命を預け合った盟友である。

この戦争は命を奪い合うものではあったものの、ギフトゲームに近い概念《がいねん》を持ち、様々なルールを敷《し》いて行われた。

一つ——戦士以外の民間人を殺傷してはならない。
二つ——一騎《いっき》打《う》ちをしている者を第三者が殺してはならない。
三つ——戦争は夜明けから夕暮れまでしか行ってはならない。
四つ——臍《へそ》より下への攻撃《こうげき》、及《およ》び背面からの攻撃を行ってはならない。
五つ——命乞《いのちご》いをする者を殺してはならない。
六つ——夜は互《たが》いの生命を尊重し、酒を酌《く》み交《か》わして親交を深めねばならない。

等々、様々なルールが厳格に決められた上で戦争が行われた。
近代でも戦争には様々な規律が適用され人の営みが破壊《はかい》されないように互いを理性で縛《しば》り合っている。もしも紀元前という人類の黎明期《れいめいき》に此れらのルールが全《すべ》て理性的に守られていたのなら、後に繋《つな》がる宗教や神話・戦争概念にも多くの影響《えいきょう》を与《あた》えただろう。

——だが、そうはならなかった。
何故《なぜ》なら右記六つのルールは最終的に、唯の一つも守られることが無く。

違約と恩讐《おんしゅう》、そして姦計により血で血を洗う泥沼《どろぬま》の戦いに発展していったからだ。

「アルジュナを違約の英傑と呼んだからには、お前のことは姦計の英傑と呼ばなきゃ平等じゃないな。お前はインド神群最大の戦争の中で、常に姦計の中心にいた」

「そう。そして箱庭に顕現《けんげん》した今も尚《なお》、私はこうして無用な戦いを治める為に奔走《ほんそう》している。……本当の事を言うと、そろそろ静かに眠《ねむ》りたいのですがね」

困ったものです、と微笑みながら首を横に振《ふ》る。

十六夜はその素振《そぶ》りに惑《まど》わされることなくクリシュナを睨み付ける。確かにこの姦計の英傑ならば〝ウロボロス〟の創設者の一人というのもわからんでもない。だが姦計の英傑である前に、クリシュナは間違《まちが》いなく救世の士である筈《はず》なのだ。今回の一件はともかくとして、十六夜が今まで経験してきた〝ウロボロス〟の戦いを思い返すと違和感《いわかん》があった。

「……ふん。どちらにしても、俺たちが〝ウロボロス〟に手を貸す義務はない。アルビノの女たちは俺たちが保護する。顔を洗って出直してこい」

「それは参りました。その敵意は分からなくもないですが、ハッキリ言って見当違いですよ。私とてこんなことはしたくない。心底したくない。此れは明確な歴史のイレギュラーなのです。誰《だれ》かが痛みと共に正さねばならないこと――――」

「――そんな話はどうでもいい」

全ての言葉を断《た》ち切る様に、焔が震《ふる》えながら声を上げる。

その顔は真っ青だった。今にも昏倒《こんとう》して倒《たお》れるのではないかと、傍《はた》から見ている者の全てが思うほどに血の気が引いている。

指を震わせながらクリシュナを指し、呼吸を荒《あら》くしながら、最も重要な鍵《かぎ》を問う。

「……それは、何年後だ？」

「………？」

「破局噴火《ふんか》だ。お前たちの口にする破局噴火は………何年後の、どの国の事だ？」

鼓動《こどう》を落ち着かせようと、必死に胸元《むなもと》を押さえながらクリシュナに問う。アルビノの少女たちの件も重要だが、研究の当事者である焔にはその確認《かくにん》が最優先だった。

人でなしと思われるかもしれないが、事の大きさを考えれば当然の反応だ。彼の脳には全てのデータが詰《つ》まっている。可能な事と不可能な事の一線が明確に理解できてしまう。

クリシュナは微笑みを消し、憂《うれ》いの眼《め》で焔を見つめた。

「そうですね。貴方《あなた》は研究の最前線で戦う博士だ。己の研究が世界を救う運命を内包していると知った以上、その期限は正確に把握《はあく》しておかねばならない。――いいでしょう。私も一つくらいは罪を犯《おか》す覚悟《かくご》で臨《のぞ》むべきだ」

温かさを微塵《みじん》も感じさせない冷たい声。先ほどとは打って変わって無機質な雰囲気を漂《ただよ》わせながら、クリシュナは歴史の真実を口にした。

「人類滅亡《めつぼう》は——此れより一五年後。星の大動脈が決壊《けっかい》することによって、青き星は死の星へと変貌《へんぼう》する。その事件を解決する為に遣《つか》わされたのが、貴方達二人の兄弟です」

残数一五年——その言葉は今までに無いくらいに十六夜と焔を打ちのめした。

「じゅ………一五年だと………‼?」

専門外の十六夜でさえ理解できる。それは不可能だ。研究以前の問題だ。

世界中に大気圏《けん》にまで届く巨大《きょだい》な塔《とう》を建設するにはまず各国の了承《りょうしょう》や紛争《ふんそう》地域の停戦、宗教的問題、利益率、制空権など様々な問題を解決してから漸《ようや》く着手できる。

当然ながら破局噴火が起こる時期を発表することなど出来ない。そんな事をすれば世界中が大パニックに陥《おちい》る。流通が止まり暴動が起きるのは勿論《もちろん》のこと、テロリズムを加速させる結果になりかねない。よしんばそれらを全て解決したとしても塔の建設に使える時間は一、二年残るかどうかだ。

「馬鹿《ばか》かテメェ………‼! そんなことたった二人で出来るわけねえだろッ‼!」

「だがやらねばならない。――ああ、二人だけでやれというわけじゃありません。既《すで》に幾《いく》つかの国家機関や宗教団体は動いている。〝天の牡牛《おうし》〟の依《よ》り代《しろ》を作り出したのも彼らです。塔の建設に関してはどれだけ血が流れても、無理やりにでも推《お》し進められるよ」

だから君たちは安心していい。子供をあやす様に穏やかな微笑みを浮かべたクリシュナは――「邪魔《じゃま》する者は原住民を含《ふく》めて皆殺しにすればいい」と言ってのけた。

百二十万世帯もの被害《ひがい》を出した〝天の牡牛〟でさえ、この男は合理的な判断だと評価している。

その精神性を前にして、十六夜は初めての感覚に囚《とら》われ始めていた。

「――――」

この男は、駄目だ。

この世には話が通じない人間がいるのだと、十六夜は初めて実感した。加えて理詰《りづ》めで丸め込もうにもあらゆる情報が手元に無い。

今必要なのは代案だ。この少女たちを殺す必要なく粒子《りゅうし》体研究を促進《そくしん》させる代案だ。

しかし人類の滅亡については十六夜もこの三年間で幾度《いくど》となくシミュレーションしていたが、想像の遥《はる》か上の事態である。こんなものをどの様に解決しろというのだ。

苦悶《くもん》する二人に、クリシュナは困り顔で視線を逸《そ》らす。

「……少し、意地が悪かったですね。先ほども言いましたけど、此れは善悪を超越《ちょうえつ》した次元の話です。貴方たちの良心が背負うべき原罪では無かった。極限の選択《せんたく》を強いられた者の苦悩《くのう》には私も理解があります。故《ゆえ》に――其処《そこ》の二人の始末は私がつけましょう」

二人に向かって歩き始めるクリシュナ。

十六夜は反射的に構え、焰は本能的に身を縮こませる。クリシュナや焰が時折口にする〝原罪〟とは、物事を果たす上で必ず発生してしまう罪の事だ。

人類の生存権が脅《おびや》かされる事態に陥った状況《じょうきょう》で斬《き》り捨《す》てられる幼い命があるのなら、その原罪は、人類全体に科せられる罪である。

故に、貴方たちだけが苦しむことは無いと――クリシュナは優《やさ》しく囁《ささや》いている。

腰《こし》掛《か》けていた寝台《しんだい》にはアルビノの少女二人と、その体に宿るパラシュラーマが高熱で魘《うな》されている。命を奪うのは赤子の首を手折《たお》る様に簡単だろう。

歩み寄るクリシュナを前に二人は電算機さながらの速度で策を練るが、どれも根本的な解決には至らない。

(どうすればいい……!!? どうすればいい!!?)

破局噴火については案は無くとも希望がある。アトランティス大陸が箱庭に召喚《しょうかん》されたのはきっと破局噴火に関係がある。この大陸の謎《なぞ》を解くことには何か意味がある筈だ。

しかしそれでは間に合わない。

代案はいま必要なのだ。いま拳《こぶし》を振り上げる為に必要なのだ。

この男が言う様に時間が無いというのなら、此処《ここ》で不用意に立ち塞《ふさ》がれば全ての人類の命が危険に晒《さら》されることになる。其《そ》れだけは絶対に避《さ》けねばならない。

西郷《さいごう》焔は波打つ心臓を抑えるように胸に手を当てながら、青ざめた唇《くちびる》で必死に吼《ほ》える。

「時間は……考える時間は本当に無いのか⁉　もしかしたら、何か別の方法が、」

「そんなものは無い。私には未来視の権能がある。その私に欠片《かけら》も視《み》えないという事は、現時点でその様な運命が存在しないという事です」

「それこそ理由になるかッ!!!　絶対の未来視が存在するのなら、神様の連中が揃《そろ》いも揃ってこんなに頭を悩《なや》ませて人間を救う為《ため》に奔走《ほんそう》する筈がない‼」

運命とは情報の蓄積《ちくせき》だとこの男はヘラクレスに言った。だが其れだけではない筈だ。未来さえ見通す神々が、新しい未来を摑《つか》むために様々な試練を造り人類の進化を促してきたという。ならば神々でさえ認知できていない未知のファクターがある筈なのだ。

焔は十六夜とアルビノの少女を交互《こうご》に見て、奥歯を嚙《か》み締《し》めて訴《うった》える。

「代案は……俺にはいいい代案があるッ!!!　だから少しだけでいいッ!!!　少しだけイザ兄と話をする時間をくれ……!!!」

焔の訴えに、十六夜は大きく息を呑《の》んだ。だがクリシュナはそれこそ時間の無駄《むだ》だと無言で切って捨てる。その瞳《ひとみ》には失望すらあった。

此処まで来て狂言《きょうげん》で逃《に》げ延びようとは無様にもほどがある。

運命を覆《くつがえ》す案がそう簡単に生まれるはずがない。此《こ》れなら説明をしない方が些《いささ》かましだったという苛立《いらだ》ちが見え隠《かく》れする。どれだけ訴えても、もうこの男は応《こた》えないだろう。

歩調を速めて二人に詰め寄ったクリシュナはその手に円月輪《チャクラム》を構えた。

＊

「──よかろう。ならばその時間、ワシが稼ごうではないか」

二人の背中に大地を焦《こ》がす程《ほど》の炎《ほのお》が舞《ま》い上がった。

果たして何時《いつ》から彼女は話を聞いていたのか。

背後に立っていたのは、星の地殻《ちかく》より召喚された槍《やり》をその手に構える白髪《はくはつ》の廃滅者《はいめつ》。

殺戮《さつりく》の賢者《けんじゃ》──〝アヴァターラ〟第六の化身《けしん》パラシュラーマが、鬼気迫《ききせま》る形相で叫《さけ》んだ。

「穢《けが》れよ我が星――穿《うが》て、〝原初神格《ブラフマー》・梵釈槍《アストラオリジン》〟――!!!」

燃え盛る槍を摑んだまま一直線に突《つ》き抜《ぬ》けていく殺戮の賢者。クリシュナは反射的に避《よ》けようとしたが、いつの間にか全身に絡《から》んでいた糸によって動きを止められる。

「っ、パラシュラーマ……それにオルフェウス！　貴様……!!?」

「すまない、盛大に手が滑《すべ》った！　今のうちに君たちは逃げろ!!!」

逆廻《さかまき》十六夜と西郷焔、そして今も苦しそうに呻《うめ》いているアルビノの少女に向かってオルフェウスが叫ぶ。焔は唖然《あぜん》としていたが、十六夜の行動は速かった。

十六夜は焔と少女を担《かつ》ぎ燃え落ちた屋根を突き抜け森に向かって駆《か》け抜けていく。

パラシュラーマは突貫《とつかん》したままクリシュナを撃《う》ち、民家から天に突き抜けた。

街に被害を出さないように天へ弧《こ》を描《えが》くように突き抜けたパラシュラーマとクリシュナはアトランティス大陸の東の果てまで瞬《また》く間に飛翔《ひしょう》し、そして落ちていく。

崖《がけ》から落下していくクリシュナだったが、その体には僅《わず》かな傷さえ負っていない。

不断の恩恵《おんけい》のオリジナルが宿るヘラクレスの肉体に歯嚙《はが》みするパラシュラーマだが、まさかあの熱量を受けて無傷とは恐《おそ》れ入る。

本来のパラシュラーマなら兎《と》も角《かく》、病に蝕《むしば》まれた体で戦うには厳しすぎる相手だ。身を翻《ひるがえ》して猫《ねこ》の様な身軽さで着地したクリシュナは不満そうに眉《まゆ》を顰《ひそ》める。

崖から飛び降りたパラシュラーマはクリシュナの正面に降り立ち、彼に糸を絡めたまま引き摺《ず》られてきたオルフェウスも、どうにかこうにか着地した。

「………何てことだ。よもやオルフェウスが裏切り、パラシュラーマほどの賢者が運命に背《そむ》くとは。〝ウロボロス〟はもしかして人徳が無いのでしょうか？」

「フン……何を今さら言うとるか。ワシが師である最高神シヴァより託《たく》された運命は、最後の化身カルキへ〝アストラ〟を伝承すること。〝なのましん〟の事など知らぬわ！」

「僕も裏切ったわけじゃないよ。若者に時間を上げるのも先達の務めってだけさ。原罪なんて背負わずに済むのならそうした方がいいと思っただけだよ。――それに、君が本当のクリシュナかどうか怪《あや》しくなってきたという件もあるしね」

ピクリ、とクリシュナの片眉が歪《ゆが》む。

オルフェウスは軽薄《けいはく》な笑いを浮かべて先ほどの話を振《ふ》り返る。

「逆廻十六夜との会話では、君はまだ最強の軍神だった頃《ころ》のインドラと戦ったことがあるらしいね？　それが友人であるアルジュナとの出会いに繋《つな》がったと」

「………それが何か？」

「いやあ、おかしいでしょソレは。神王インドラを信仰《しんこう》したアーリア人の大移動は紀元前一五〇〇年代以後だったのに対して、アルジュナは土着と移民の民族併合《へいごう》が本格的に始まった紀元前一〇〇〇年出身のはず。——あれれ？　時代が合わないぜ、姦計《かんけい》の英傑《えいけつ》様？」

物語の設定ぐらい把握してろよ、と挑発《ちょうはつ》する元詩人。

この言及《げんきゅう》に、クリシュナは初めて感情を表に出した。

怒《いか》りとも侮蔑《ぶべつ》とも取れるその表情を見据《みす》えたパラシュラーマは、己《おのれ》の顎《あご》に手を当てて彼を追撃《ついげき》する。

「ワシも不思議に思っておった。クリシュナ神という偉大《いだい》な神霊についてはロ伝で聞いた事があったが、クリシュナという英傑については弟子たちからも全く聞いた事が無い」

「おお、当時の人間の言質《げんち》を得た！　ナイス援護射撃《えんごしゃげき》！　さてさて、此れを踏《ふ》まえた上でもう一度問わせてもらうけど——」

軽薄な笑《え》みを消し、オルフェウスは改めて問い直す。

「お前………何者だ？　本当のクリシュナ神じゃあるまいよな？　歴史のパラドックスを起こしてまで、一体何を企《たくら》んでいる？」

「——————」

クリシュナの表情から先ほどの感情が完全に消え去る。

顔の造形は残っているのに能面の様な印象を抱かせるのは、この男の本質がそうさせるのかもしれない。

機械的とすら思わせるその無感情な顔に笑みを造ると——クリシュナは口が裂《さ》けるほど大きく犬歯を見せて笑い、黒い風を吹雪《ふぶ》かせた。

「忘れていた。貴方《あなた》は只《ただ》のオルフェウスではなく、ディストピア戦争を経験したオルフェウスだった。他国の文化圏に対する理解の深さ、小賢《こざか》しいことこの上ありません」

「まあね。僕は詩人を辞《や》めて結婚《けっこん》してからの方が人生エンジョイしてる変わり種なんだ。格落ちはしたが見識は広がったと自負してる。……人間っぽくなったと言われるしね」

轟々《ごうごう》と吹《ふ》き荒《すさ》ぶ黒い風を前に、二人は身構える。

その気配は明らかに先ほどまでと違《ちが》い禍々《まがまが》しい霊格《れいかく》を放っていた。

少なくとも叙事詩《じょじし》〝マハーバーラタ〟に記述されたクリシュナに、黒い風を操《あやつ》るような伝承は存在しない。

先ほどヘラクレスを乗っ取った時から既《すで》に、オルフェウスはこの謎の怪物《かいぶつ》について疑惑《ぎわく》を持っていた。

「正体を隠す気も無いってことか。狙《ねら》いは何だ？　箱庭と外界の覇権《はけん》か？　破滅《はめつ》か？」

「救済だとも。世界を救おうという意志が私にはある。故に私たちは〝ウロボロス〟を造ったのだから」

その言葉に嘘《うそ》は感じられない。むしろ、その言葉だけは信用に値《あたい》するような気がした。

「君たちにはまだ役割がある。先ほどのアストラも素晴《すば》らしかった。やはり生贄《いけにえ》にはあの名も無き少女が望ましい。邪魔はしないで欲しいですね」

「断る」

「右に同じく。どうしても通りたいなら、僕たちを気絶させていくがいい！」

殺して行けとは言わない辺りが実に彼らしかったが、目は笑っていない。

パラシュラーマは既に限界に近かったが、それでもオルフェウスの三倍は強いだろう。この場では間違いなく頼《たの》もしい仲間だ。

十六夜と焔がどの様な手段で代案を実行するのかは二人にもわからない。

しかしどんな運命が待ち構えているにしても、全力を尽《つ》くして運命に立ち向かって欲しかった。不完全燃焼《ねんしょう》のまま抱《かか》えて生きるには――あの兄弟が戦わなければならない物は、余りにも重すぎる。

「そうか。ならば仕方がありませんね。本当に勿体《もったい》なく思うのですが――」

黒い風が海岸沿いに吹き荒《あ》れる。

ヘラクレスの全身から溢《あふ》れる様に放出されていくその黒い風は一匹《いっぴき》の蛇《へび》の様に渦《うず》を巻い

て唸《うな》りを上げた。

「────ヘラクレスの肉体よ。しばし彼らの相手を宜《よろ》しくお願いします」

「っ、しまった────!!!」

黒い風が視界全域に広がり覆《おお》いつくす。二人の隙間《すきま》を縫《ぬ》う様に去った黒い風は一直線に十六夜たちが逃げた森の方角へ吹いていった。

予想外の事態にオルフェウスは慌《あわ》てふためく。

「こ、これは計算外だ！　まさか折角《せっかく》手に入れたヘラクレスの肉体を捨てるなんて！」

「慌てておる場合か！　まずは前を見よッ！」

ハッと我に返るオルフェウス。彼の眼前には山河を砕《くだ》くほどの圧を持つ拳《こぶし》が迫《せま》っていた。

少年の姿になったとはいえ、その拳はオルフェウスを七度殺して余りある。

束ねた糸を両手で編んで緩衝材《かんしようざい》にしたオルフェウスは辛《かろ》うじて右に受け流すものの、その拳圧《けんあつ》は断崖絶壁《だんがいぜつぺき》を二つに割り七里先にある山の地下岩盤《がんばん》を直撃《ちよくげき》した。

ネメアの獅子《しし》の体毛で編まれた糸を使わねば一瞬《いつしゆん》で断《た》ち切られていただろう。

「ええい、この怪力無双《かいりきむそう》め！　子供の時からこんなに怪物だったのか!?」

「さもありなん。ヘラクレスと云《い》えば巨神に並ぶ剛力《ごうりき》を持ち、生粋《きっすい》の神霊すら打ち倒《たお》す大英傑。この調子ではさぞ生きづらい幼年期だったのだろうよ。教師の事故死が相次ぐのも頷《うなず》けるわ」

ギリシャ神群最強——或《ある》いはヨーロッパ圏《けん》で最強と称《しょう》されてもおかしくない英傑だ。何せ神霊や本物の巨人族《きょじん》とさえ互角《ごかく》に戦ってきた英傑である。文字通り並ではない。

しかし今は彼の亜麻色《あまいろ》の髪《かみ》は闇《やみ》色の光を放つ黒に染められている。

麗《うるわ》しかった亜麻色の髪の少年の面影《おもかげ》は何処《どこ》にも見られない。その手に巨大な戦棒を取り出したのを見ると、オルフェウスは唇の端《はし》をヒクつかせる。

「くぅ……アイツが星弓を手放したのも若返ったのもありがたいけど、僕と病人の君だけじゃどうにもならんぞ」

「時間稼ぎだけじゃ。病だろうが死に物狂《ものぐる》いでやるしかあるまいて。期待しとるよ優男《やさおとこ》」

軽口を叩《たた》くパラシュラーマだが、その瞳《ひとみ》は遥《はる》か遠くを見ていた。

何《いず》れにしても稼げる時間は僅かなものだった。会話と考察で時間を稼いだが、本来なら此処《ここ》までの時間を稼ぐことも難しかっただろう。

後はあの二人に賭《か》けてみるしかない。

森の向こうを見つめるその瞳には、数日前の戦いが想起された。

――〝この娘《むすめ》の犠牲《ぎせい》は、人類にとって必要なものだったと言えるか!!!〟

蕭条《しょうじょう》たる雨が降り注いだあの夜に、意図せずしてパラシュラーマが口にした言葉。この命に、この犠牲に、意味があるのかと彼女は問うた。

……悔《くや》しいことに、この犠牲に意味はあったらしい。だが其《そ》れを受け入れるには、パラシュラーマが見たこの娘の過去は余りにも無慈悲《むじひ》なものだった。

殺戮の賢者たる彼女が、救われて欲しいと願うほどに陰惨《いんさん》な傷に満ちていたのだ。

(童子たちよ。是非《ぜひ》と正否は問わぬ。――せめて、死力を尽くしてくれ。その結果ならば、ワシは怒りを収めて全《すべ》てを受け入れよう)

さあ、まずは目の前の武の化身《けしん》を排除《はいじょ》するのが先決だ。

血戦斧を取り出し、呼吸を整える。

〝英雄殺し〟の二つ名を持つ廃滅《はいめつ》の徒は、目の前にいる怪物にその刃《やいば》を向けた。

第八章

Last Embryo

新月の夜という事もあり、森の中は一寸先も見えない闇に包まれていた。

轟々と吹く夜の風は雲の流れを加速させ星の光も疎《まば》らにさせる。

激しい嵐《あらし》が近づいているのかもしれない。そんな事を髣髴《ほうふつ》とさせる風だった。

揺《ゆ》れる茂《しげ》みの向こうからは、夜の静寂《しじま》を乱された獣《けもの》たちの呻《うめ》き声が聞こえてくる。鳥たちは星の光を頼《たよ》りに天へと飛び立ち、十六夜《いざよい》の疾走《しっそう》から逃《に》げ去っていく。

走り出してから十分ほど。

遠くの山の麓《ふもと》までできた十六夜は狩人《かりゅうど》たちが使う小屋と思われる場所に身を隠《かく》した。

火を点《つ》けて暖を取り、一つしかない寝台《しんだい》にアルビノの少女を寝《ね》かせる。

一方の西郷焔《さいごうほむら》は、焚火《たきび》の前で膝《ひざ》を抱えたまま苦しそうに寝息《ねいき》を立てていた。

よほど精神的に負荷《ふか》が大きかったのだろう。今は寝かしてやりたかったが、時間が無いのは間違いないのだ。

人心地《ひとごこち》付いた十六夜は、正面で寝そべっている焔に問うた。

「そろそろ起きてもいいんじゃないか、弟」

「………。もう起きてるよ、実兄《じっけい》」

実の兄。そう呼ばれた十六夜はやれやれと首を横に振《ふ》る。

隠していたつもりは無かったのだが、出来ればもう少しドライな対応が出来る時期に知って欲しかった。

「様子がおかしいとは思ってたけど、やっぱり知ってたのか。――誰《だれ》から聞いた？」

「粒子《りゅうし》体研究の責任者から。アンタの血液サンプルが俺たちの研究の基盤《きばん》になってるんだってさ」

……ああん？　と十六夜は大量の疑問《ぎもん》符《ふ》を頭上に並べる。

「俺の血液サンプル？　何だそりゃ。そうすると俺は粒子体の被験者《ひけんしゃ》、ってことか？」

「ああ。成り立ちこそ人体受精だけど、俺たちは基本的にこのアルビノ少女たちと同じ実験体の筈《はず》だ。胎児《たいじ》の時に粒子体のオリジンを埋《う》め込まれて育ったっていうのが俺の仮説」

「………俺たち、俺たち？」

「ああ。俺たちだ」

エドワード開発部長に父の研究の話を聞かされてから、すぐに焔は自身の身体《からだ》について調べた。血中にこそ粒子体は確認《かくにん》されなかったが、自分の心臓には〝原典《オリジン》〟に限りなく近いレプリカが埋め込まれていた。

血中に粒子を取り込めば、何時《いつ》でも細胞《さいぼう》内の粒子体が目覚める状態にあったのだ。

「それを知った時は、親父《おやじ》の非道っぷりに思わずキレた。幾《いく》ら永久機関に繫《つな》がる粒子体研究とはいえ、此処までする必要はない筈だ、命を何だと思ってるんだ、ってな」

「……………そうか。それで電話でわざわざ聞いてきたわけか」

「うん。比較的普通《ひかくてきふつう》に育った俺と違い、アンタなら実験体の件も既に知ってるんじゃないかと思って、聞いてみたくなった。親父や母親を恨《うら》んでないかどうかを」

なるほどなあ、と他人事《ひとごと》の様に呟《つぶや》きながら焚火に薪《まき》をくべる。

客観的に見れば逆廻《さかまき》十六夜はマッドサイエンティストの父に改造された実験体だ。幼い頃《ころ》から人とは違う力を持ち、その力と真剣《しんけん》に向き合ってきた彼には、恨むだけの理由は十分にあるだろう。

だが十六夜は激情家ではあるものの、怨恨《えんこん》とは無縁《むえん》の人生だったと自負している。むしろ知ったのが今で良かったとすら思った。専門外故《ゆえ》に今まで考えたことも無かったが、そのファクターを足して今までの事を思い出すと、色んな事が繫がって見えてくる。

十六夜が〝人類最終試練〟を打ち倒す役目を担《にな》ったのは、きっとそれが原因だ。

「粒子体の実験体、か。まあ事実関係がハッキリと見えてきた今となっちゃ、親父を恨むのは筋違《すじちが》いだ。天秤《てんびん》に載《の》せているモノが俺と全人類じゃ、僅《わず》かばかりに分が悪い。むしろ息子《むすこ》なら、親父の抱えてた重圧の方を慮《おもんぱか》るべきじゃねえか？」

「……慮るだって？　息子を実験体にするような非道な親を？」

焔は伏《ふ》せていた視線を僅かに上げて、十六夜を睨《にら》んだ。

目には薄《うっす》らと光るものが浮《う》かんでいる。

十五歳になったばかりの少年が立て続けに此《こ》れだけの事実に直面したのだ。様々な重圧の中で必死に努力してきた焔でも精神的に限界が来ているのは仕方がない事だろう。

だが十六夜はその涙《なみだ》を無視して、軽い調子で焔の疑問へ答えた。

「親父が粒子体研究の前に書いた論文、読んだろ？　何を血迷ったのか、本気で親父は〝心病《や》まぬ豊かな国〟を目指してたんだぞ？　しかも日本を最新のモデルケースにして、未来では全ての国に変換《へんかん》技術が適用できる形にしたいと最後に締《し》めてやがった。頭がおかしいというか生き仏というかもう少し愛国心があってもいいというか……まあ、何だ。そんな男が自分の子供を実験体にしなきゃいけなかった痛みというのは……息子として慮ってやるべき事じゃねえか？」

「……っ」

事実、十六夜は全く親を恨んでなどいない。

この身体だからこそ守れたものがある。

この身体だからこそ、意地を通して生きることが出来た。

十六夜にとっては両親を恨む方が筋違いというものだ。

それに逆廻十六夜には家族の記憶《きおく》がない。そもそもそんな時間は与《あた》えられなかった。

彼は生まれてすぐに金糸雀《カナリア》たちに攫《さら》われた。

話を聞く限り、金糸雀は〝星辰粒子体《せいしんりゅうしたい》〟を天然で宿す少年と誤解したのかもしれない。

もしくは金糸雀たちがディストピア戦争の中で知った運命と何か、か、大きくズレてしまったのかもしれない。

全ては死者だけが知ることではあるが……此れだけは断言できる。

決して悪逆なる思想だけで、十六夜は運命に巻き込まれたのではない。

多くの苦悩《くのう》と悪逆に苛《さいな》まれた先人たちが――それでも諦めないと――最善の未来を信じて行動を起こした結果が今の逆廻十六夜なのだと、彼は確信していた。

「だから……親父の人体実験とアルビノ患者《かんじゃ》の件は別物だ。親父たちが殺されたのは、意見の相違《そうい》があったからに違いない。それについて西郷焔が背負う必要はない筈だ」

「……ふん。そうやって周りを甘やかしに掛《か》かるところ、本当にイザ兄らしいな」

焔は瞳を拭《ぬぐ》って僅かに顔を上げる。

まだ拗《す》ねている色が見えたが、顔を上げただけでも重畳《ちようじよう》だ。

十六夜は本題に入る前に肩《かた》を竦《すく》めて皮肉気に笑う。

「そうさ。俺は俺の高性能な肉体と頭脳をフル活用して、周囲を甘やかすのが趣味《しゆみ》なんだよ。知らなかったのか？」

「知ってたよ。イザ兄は何時も優しかった。――――いや、違うか。アンタが優しくするのは何時も社会的に弱い者、或《ある》いは社会的に立場が弱い者だ。自分一人で立ち上がることが出来ない者にだけ、アンタは無条件で優しかった。崖《がけ》っぷちだった黒ウサギのコミュニティを助けたのもそういうことだろ？」

焔に指摘《してき》され、十六夜は言葉に詰《つ》まった。自覚はしていたが、こうして面と向かって指摘されると中々に気恥《きは》ずかしいものがある。この話は今後避《さ》けるようにしよう。

一方の焔は髪《かみ》を掻《か》き上げながら、ため息を吐《つ》いて力なく笑った。

「それを知ってたから、今もこうして言葉に困ってる。俺が打開策を口にしたら、イザ兄は間違いなく首を縦に振るだろうからな」

「……………へえ？」

身を乗り出し、十六夜は笑《え》みを消す。

本題である代案——アルビノの少女たちを犠牲にしない方法は、焔の中で既《すで》に纏《まと》まっているらしい。

「流石《さすが》は我が弟。早速《さっそく》その代案を聞かせて貰《もら》おうじゃねえか」

「急《せ》かすなよ。その前に聞きたい事がある。……イザ兄はさっきの話をどう考えてる？」

「どの話だ？」

「環境制御塔《かんきょうせいぎょとう》と破局噴火《ふんか》の話だよ。いやまあ、事実なんだろうけど。粒子体を完成させて、世界中に環境制御塔を建てて、星の全域に粒子体を散布するまでを……たった一五年以内に全てクリア出来ると、本気で思うか？」

「………。まあ、塔を建てるだけなら不可能じゃないだろうな。クリシュナが言う様に、ありとあらゆる犠牲《ぎせい》を払《はら》う覚悟《かくご》があるのなら」

率直《そっちょく》に意見を述べる。そう、環境制御塔を建てる**だけ**なら可能だ。

問題はその際に発生する軋轢《あつれき》や犠牲である。その負担を少しでも軽くするために様々な世界的後押しが必要不可欠な大事業となるのは間違いない。

「ギリシャ圏《けん》の人には申し訳ないけど……今の権威《けんい》は、粒子体研究に最低限必要だよ。何時か首謀者《しゅぼうしゃ》をたたき出すにしても、それは世界を救ってからだ」

「全てを明るみに出すには順序があるってことか。それで、粒子体の方は？」

「そっちはもう最悪だ。粒子体研究は普通《ふつう》の方法じゃ一五年じゃ間に合わない」

「………短縮は不可能なのか?」

「それを可能にする為《ため》の人体実験だ。その為に、より多くの命が消費されることになる」

怒《いか》りのままに吐《は》き出されて、十六夜は口を閉じる。

彼は己《おのれ》の認識が甘かったことをすぐに察した。

「………なるほど。このアルビノ少女だけじゃ足りないってわけか」

「ああ。臨床《りんしよう》実験は繰《く》り返し行う必要がある。クリシュナって奴《やつ》が焦《あせ》ってたのはきっと、この子が数少ない成功例か、或いは初めの成功例だからかもな」

「次の実験はこのアルビノ少女を元に別の人体実験を重ねる。そして抽出《ちゆうしゆつ》した粒子体を使って事件を起こし、焔に回収させて、研究の権威付けと推進を図《はか》る」

「後はその繰り返しをするだけで粒子体は何時か完成する。――――クソみたいに腹立たしいぐらいよくできたサイクルだ。俺は研究の最前線で完全に踊《おど》らされてたってわけさ」

口惜《くや》しさの余り笑うしかなかった。この分だと〝エヴリシングカンパニー〟の中に焔の研究状況《じようきよう》を知るスパイがいるのは間違いないだろう。

だがそうなると、今まで敵と認識してきた相手が問題だ。

「アイツ、言ってたよな。〝天の牡牛《おうし》〟事件にも国際機関が絡《から》んでたって。………つまり俺の研究を有名にする為だけに、国際機関が、何万人もの人を傷つけたってわけだ」

「……………そうだな」

クシャリ、と両手で髪を掻き上げて顔を覆《おお》う。

焰が一番ショックを受けているのは正にその点なのだろう。エドワード開発部長にアレだけの啖呵《たんか》を切ったのに、まさか国際機関が関《かか》わっていたとは思わなかった。

だが何処《どこ》かの国際機関が世界的な破局噴火を事前に察知したところで発表できる筈もない。間違いなく世界中が大パニックに陥《おちい》る。試《ため》すまでもなく目に見える結果だ。

だが――――ソレとコレとは別問題だ。

人類を救うために何の罪も無い人たちが傷つけられる事を容認していい筈がない。

真実の闇《やみ》は焰が想像していたより遥《はる》かに深い所にあったのだ。

「〝絶対悪〟の芽の一つがこの女の子だとあの男は言った。俺もそう思う。こんなやり方で世界を救ったところで、この原罪は何時か必ず人類の未来に危機をもたらす事になる。新しい時代を迎《むか》える第一歩だからこそ、正しい形で勝利しなきゃ駄目《だめ》なんだ」

「…………」

十六夜は寝台《しんだい》で頬《ほお》を赤くしながら寝《ね》ているアルビノの少女を見る。

彼女の事をクリシュナは〝絶対悪〟に育つ芽の一つと告げた。だがその芽は彼女一人だけという事は無いだろう。

人類が生存する為に必要な原罪の集積体。

暴走する権力者と、暴走する被害者《ひがいしゃ》たち。

その双方《そうほう》による悪意の循環増幅《じゅんかんぞうふく》が積もり積もった時に〝絶対悪〟の化身《けしん》が顕現《けんげん》し最後の魔王《まおう》は目を覚ますのだろう。

「……何時《いつ》か滅《ほろ》ぶか、一五年後に滅ぶか。きっとその違いでしかない筈《はず》だ」

「マルチバッドエンド方式ってわけか。現実《リアル》はクソゲーってのは名言だね」

「茶化《ちゃか》すなよ。事の大きさわかってんのか？」

「わかってるよ。……搔い摘《つま》んでだが、概《おおむ》ねの状況は理解した」

そして、焔が打開策を口に出来ない理由も。

似ていないと思っていたが、やはり肝心《かんじん》な処《ところ》では兄弟なのかもしれない。

十六夜は難しい顔を和《やわ》らげて片肘《かたひじ》を突《つ》く。

「実験体の被験者《ひけんしゃ》をこれ以上増やさない方法。いや考えてみればシンプルだな。要するに――俺という成功例を研究材料にすればいい、ってことなんだろ？」

「違う。俺たちの間違いだ」

此処《ここ》まで来たら一蓮托生《いちれんたくしょう》だと焔は瞳《ひとみ》で訴《うった》える。

我が弟ながら律儀《りちぎ》な事だと思ったが、実験の加害者になるよりは当事者になることを選ぶというのは、実にこの少年らしいとも思った。

「ったく。大仰《おおぎょう》に話すから何事かと思ったじゃねえか。時間がねえのに随分《ずいぶん》と回りくどいじゃねえか我が弟よ」

「こんな状況で軽口を叩《たた》けるほど神経が太くねえんだよ。イザ兄こそいいのか？　暫《しばら》くは箱庭と俺たちの世界を交互《こうご》に行き来することになるぞ」

其《そ》れにリスクの割に利益は何もない。対価があるとしたら、自分が正しいと信じた物に胸を張ることが出来ることだけだろう。

それで本当にいいのかと問う焔。

十六夜は即答《そくとう》こそしなかったものの、表情を変えることなく隣《となり》で寝ている少女に視線を向けた。頬はまだ赤く意識は取り戻《もど》していないが、今朝よりは呼吸も落ち着いている。焔の処置が正しかった証《あかし》だろう。

今にも死にそうな目の前の少女と、強靭《きょうじん》な力を持つ逆廻十六夜。

同じ実験体なのに随分と差がある結果になってしまったな、と苦笑いを浮かべる。

今朝方――――彼女は〝死にたくない〟、と声を上げた。

朦朧《もうろう》とする意識の中で、唯々《ただただ》、死にたくないと必死に訴えていた少女。

父も無く、母も無く、この世界の誰《だれ》とも繋《つな》がりを持たない彼女が、無意識に助けを求めたのが十六夜だった。

——〝助けて〟、と。

幼い瞳に涙を浮かべて縋《すが》る様に絞《しぼ》り出した言葉。誰を頼《たよ》ればいいのかわからない闇の中で偶然《ぐうぜん》触《ふ》れた指先に、彼女は有りっ丈《たけ》の力を込めてそう叫《さけ》んだ。

地獄《じごく》に垂れてきた一本の糸に縋った小さな手。

振《ふ》り払うこともできた筈のその手を、十六夜は握《にぎ》り返した。

ならば——ならば、応《こた》えねばならない。

「助けてやるって、言っちまったばかりだからな。なのに土壇場《どたんば》の此処で振りほどいたら……俺は一生涯《いっしょうがい》、悔《く》いが残る」

生涯の悔いは死と同等の苦しみだ。そんなものを背負うくらいなら、完全無欠に救ってやった方が後腐《あとくさ》れも無い。

一呼吸ごとに苦しそうな吐息《といき》を漏《も》らす彼女の頭に手を置くと——

——突如《とつじょ》、幼い身体《からだ》から陽炎《かげろう》が立ち昇《のぼ》り始めた。

「っ……‼?」

二人は突然のことに驚《おどろ》く。だが其れだけではない。

アルビノの少女の白い肌《はだ》が輝《かがや》き始め、心臓が森の全域に広がるほど強く鼓動《こどう》し始めた。

寝そべっていた焔は急いで起き上がり少女の腕《うで》に触《ふ》れる。

異変を察した焔は、奥歯を噛《か》み締《し》めながら叫んだ。

「素体融解《メルトダウン》……!?　そんな馬鹿《ばか》な!?　B.D.A は取り外したはずなのに!?」

「それは外部の機器だけなんだろ!?　体内に埋《う》め込まれてる可能性は!?」

「そりゃあるけど、其処《そこ》までする理由は!?」

「理由なんて幾《いく》らでもある!!!　実験に使えないなら証拠隠滅《しょうこいんめつ》するなんて基本じゃねえか!!!」

焔はハッと息を呑《の》み、クリシュナが言葉にしていた意味を理解した。

――――〝時間が無い〟。

アレは素体融解による証拠隠滅の事だったのだ。

〝星辰粒子体《せいしんりゅうしたい》〟の宿主であるアルビノの少女たちが死ねば、粒子の超稼働《ちょうかどう》は食い止められる。だが生きて逃すならせめて権威を落とさぬよう、証拠隠滅の為の素体融解が始まる。

本当に彼らは一分一秒を争っていたのだ。

大切な実験体が光となって消えてしまえば、人類の未来が危《あや》うくなると知っていて。

「で……でも……此処までやるのか、クソ外道《げどう》が……!!!」

「呪詛《じゅそ》なら後で幾らでも付き合ってる！　今は対処が先だ!?　出来る事は無いのか!!?」

少女の手を握っても熱は感じられない。間違いなく〝星辰粒子体〟による疑似《ぎじ》発光だ。

だがそれを食い止める手段が焔の中に浮《う》かんでこない。B.D.Aの研究はまだ道半ばの物で彼にも全《すべ》てのデータがあるわけではないのだ。

十六夜は焔の頭を摑《つか》み、落ち着かせるように冷静な声で諭《さと》す。

「まず落ち着け。この現象はナノマシンの超加速によるものなんだな？　なら加速を減退させるにはどうすればいい？」

「………。減退は無理だ。一番手っ取り早いのは血を抜《ぬ》くこと。体内で加速してる粒子を抜くか、或《ある》いは消費するしかない。けど致死《ちし》量を抜くことになる」

「よし、なら消費の方向だ。その粒子をメルトダウンを起こすことなく一瞬《いっしゅん》で消費する方法は？」

発光現象が強まる中、十六夜は極《きわ》めて冷静に焔へ順序立てて問う。其れが焔を落ち着かせたのだろう。

大きく深呼吸し、顎《あご》に手を当てて思考を巡《めぐ》らせる。

唇《くちびる》が噛《き》み切れるほど苦渋《くじゅう》を露《あら》わにした焔は、ギフトカードの中からアルビノの少女の付けていた手枷《てかせ》のB.D.Aを取り出した。

伸縮《しんしゅく》する手袋《てぶくろ》型のB.D.Aを投げ渡《わた》された十六夜ははてと首を傾《かし》げる。

「此《こ》れは？」

「血中粒子加速器。体内の粒子を等速循環させるものだ。使ったら最後、粒子は物質界の限界――〝一秒の定義〟を超《こ》えて体内で超流動を開始する。此れを俺たちで使い、この子の体内にある粒子を一瞬で消費する」

〝一秒の定義〟とは様々に定義付けが可能な分野ではあるが、粒子体研究では主に時計に使われる32.768kHzの周波数に置き換《か》えられる。

この周波数はクオーツ時計が一秒を計測する為《ため》に使われる振動数《しんどうすう》を指し、時計内に埋め込まれた結晶《けっしょう》石に電磁波を与《あた》えた時に発生する振動数である。

〝星辰粒子体〟はこの〝一秒の定義〟に反応し、寄生先の生物の体内経路を等速で約三十三万回転することが解明されていた。この驚異《きょうい》の性質こそが〝星辰粒子体〟を一次、二次エネルギーに囚《とら》われない第三のエネルギー媒体《ばいたい》として機能させる習性。

光の伝搬《でんぱん》法則の時間概念《がいねん》を超えて新たなる〝一秒の定義〟を駆使《くし》して行われる等速運動――架空粒子《タキオン》やエーテルの顕現に必要な多元運動量を、物質界で観測させることを可能とした〝第三永久機関〟と呼ばれる所以《ゆえん》である。

「胎児《たいじ》から〝星辰粒子体〟を宿してたイザ兄や俺の身体は多分、他《ほか》の実験体より血中経路が発達しているはずだ。B.D.Aを使って俺たちを外付けの加速器として扱えば……」

「体内の粒子を一瞬で消費できる、か。失敗したら？」

「当然、俺たちごと素体融解《メルトダウン》だ」

左手にB.D.Aを嵌《は》めた焔は、冷や汗《あせ》を掻《か》きながら少女の手を握る。

右手にB.D.Aを嵌めた十六夜は、心底楽しむように少女の手を握る。

「それは愉快《ゆかい》な展開だ。痺《しび》れるねクソッタレ。——ちなみに、成功したらどうなる？」

「わからない。何せ今の今まで成功例が無い。もしかしたら〝天の牡牛《おうし》〟の様なものが現れるかもしれないし、違《ちが》う何かが生まれるかもしれない。唯《ただ》一つ言えるのは——」

ふと言葉を切る。B.D.Aは兵器ではないが、それは被験者の才能が平凡《へいぼん》だった場合だ。

もしも十六夜の肉体の適合率が前回のE.R.Aの実験結果を遥かに上回る場合、B.D.Aは最強の兵器と成り得る可能性がある。西郷焔は粒子体の全ての情報を統計し、B.D.Aが正常に機能した場合の事を想定し、導き出された答えに小さく震《ふる》えた。

「多分……今までのイザ兄とは比較《ひかく》にならないほど、爆発的な力が手に入る」

十六夜は驚きで大きく瞳を見開き、焔はその事実に息を呑む。

今でも星を揺《ゆ》るがすほどの力を持つ十六夜だが、それは星の胎盤《たいばん》から発見された第三永久機関の〝原典《オリジン》〟によるもの。加速状態にない、云わば本当に上澄《うわず》みの力だ。

星の生み出した秘宝に、人類の英知が組み合わさったのならば——一体、どれほどの力を発揮するというのだ。

或いは世界を滅ぼす程《ほど》の力をこの場で顕現させてしまうのではないのか。

（っ………）

西郷焰の中で三つ首の龍《りゅう》が嗤《わら》う。

――〝この裁定で正しいのだな？〟、と。

だがその嗤い声で、逆に焰の腹が決まった。

「始めよう、イザ兄」

「………いいんだな？」

「ああ。俺は………イザ兄の正しさを、誰よりも信じてる………!!!」

〝Blood　Accelerator〟――起動。

そして、視界は光に包まれ――

*

――世界が燃える夢を見た。

其れは、決して比喩《ひゆ》ではない。

轟々《ごうごう》と燃え盛る街の火は天までをも焦《こ》がし、青雲を黒煙《こくえん》に染めている。

七日七晩消えることなく延焼《えんしょう》し続ける炎《ほのお》は、其処に住まう人々だけでは飽《あ》き足らず、無人と成った廃墟《はいきょ》までもを飲み込んで広がり続けている。

黒雲の中に光る稲光《いなびかり》は山河を打ち、ダムの堤防《ていぼう》を砕《くだ》いて濁流《だくりゅう》を生み出した。制御《せいぎょ》不能なほどに膨大《ぼうだい》な水流は、たちまち河を氾濫《はんらん》させて街を飲み込んでいく。山から押し寄せる津波《つなみ》は民家を容赦《ようしゃ》なく飲み込み、助けを乞《こ》う声は水面《みなも》に消えていくしかない。

大地は絶え間なく続く地震《じしん》で亀裂《きれつ》が入り、人工の混凝土《コンクリート》で塗《ぬ》り固められていた灰色の街は味気ないほど簡単にその都市機能を失った。

災害大国による備えがあっても、守られたのは外観だけだ。建物を伝う生命線は忽《たちま》ち断《た》ち切られ、世界一のメガシティは灰の巨塔《きょとう》群に成り果てた。

地獄《じごく》絵図――――そう、地獄絵図だ。

此の光景は正に、地獄のちまたと称《しょう》するに相応《ふさわ》しい。

親を失った幼子たちは泣きながら、父恋《こい》し、母恋しと叫び散らすものの、その声にこたえる者は現れず、肌を黒く焦がしてのたうち回りながら死んでいく。

涙《なみだ》は地に落ちる前に熱で消え失《う》せた。血は滴《したた》ると同時に赤から黒へと変色した。

恐慌状態《きょうこう》に陥《おちい》った人たちは蜘蛛《くも》の子を散らすように我先にと逃げ出《に》し、逃げ出した誰かに押しつぶされて死んでいった。

極限状態で発露《はつろ》される自己愛に、博愛の精神が芽生える余地などない。

人の尊厳を剝《は》がれた彼らは、さながら災害から逃げる獣《けもの》の群れのようだ。


「――――」


ふと、空を見る。

黒煙に燻《いぶ》された雲海は生き物の様に渦《うず》を巻き、雷鳴《らいめい》はさながら偶蹄類《ぐうているい》の嘶《いなな》きのようだ。

大気を蹄《ひづめ》で掻き回すその様は正に天を翔《かけ》る牡牛と喩《たと》えるに相応しい。

だが――この壊滅《かいめつ》した都市に現れた超獣《ちょうじゅう》は、その一体だけではなかった。

暗雲に蠢《うごめ》く偶蹄の王。

其《そ》れを視《み》て呵々《かか》と笑う死眼の巨人《きょじん》。

八つの顎《アギト》で波風を荒《あ》れ狂《くる》わせる龍王。

金毛を靡《なび》かせながら慙愧《ざんき》に顔を伏《ふ》せる猿神《ハヌマン》。

土煙《つちけむり》の向こうでは更《さら》なる魔王《まおう》たちが嬌声《きょうせい》を上げて人界を蹂躙《じゅうりん》していた。

恐《おそ》らくは僅《わず》か一体が現れるだけで人類史が危ぶまれるであろう最強の魔王たちが、一堂に会して世界を燃やしているのだ。

此れが地獄の巷《ちまた》でなくて何だという。

顕現《けんげん》した災厄《さいやく》である魔王たちは嵐《あらし》の如《ごと》く、津波の如く、雷雨《らいう》の如く、世の全てに、一切《いっさい》の差異なく牙《きば》を剝《む》くのだろう。

人々に希望はなく、誰《だれ》もが顔を伏せるしかない地獄《じごく》の脇道《わきみち》で唯一人――否《いな》。

唯一匹《いっぴき》だけが、そんな事はないと、天蓋《てんがい》に向かって力強い雄叫《おたけ》びを上げていた。

「――……!!」

天を衝《つ》くほどの雄叫びに、魔王たちの嬌声が止まる。

呵々と嘲笑《あざわら》っていた巨人も、蠢く偶蹄王も、慙愧に顔を伏せていた猿神も、その声に様々な感情を乗せて視線を向ける。

この滅《ほろ》びに〝否〟を突《つ》き付けたのは、異形の龍の姿をした魔王。

三つ首の魔龍《まりゅう》――三頭龍が、血を溶《と》かしたような紅玉の瞳《ひとみ》で西郷焔を見据《みす》えていた。

「――」

夢の中だというのに、不思議な感覚だった。

轟々と燃え盛る灼熱《しゃくねつ》の地獄の中で、三頭龍は間違いなく〝西郷焔〟に愉悦《ゆえつ》の感情を向けている。紅玉の瞳は瓦解《がかい》する文明都市など見向きもしていない。

三つの首と六つの眼《め》を傾《かたむ》けた三頭龍は彼に向かって神託《しんたく》を告げる。

〝拝火の子よ。貴様は漸《ようや》く、我が勇者を運命の入り口へと連れてきた〟

――運命。三つ首の龍が口にする運命とは、地獄の窯《かま》の真実なのか。

――否、其れは違うと本能的に首を横に振《ふ》る。三つ首の龍はかつて焰にこう告げた。

――〝不倶戴天《世界の敵》〟の謎《なぞ》を暴《あば》け、と。

〝然様《さよう》。我が勇者が挑《いど》むのは〝不倶戴天〟であり、地獄の窯に眠《ねむ》る獣《けもの》たちではない。その終末の獣たちに挑むのはお前と、貴様の同士たちの宿業《しゅくごう》である〟

〝不倶戴天〟――人類を滅ぼす、最後の要因。人類以外の全ての外敵を滅ぼした以上、人類が最後に立ち向かうのは人類の悪性そのモノに他《ほか》ならない。

〝貴様が打ち立てる巨塔こそ、人類があの星から生まれる全ての概念を修めた証《あかし》の巨塔。此れにより人類が万能《ばんのう》を謳《うた》う時代が訪《おとず》れ、最後の魔王が旗を掲《かか》げる〟

其《そ》の名称《めいしょう》こそが、〝Last Embryo〟。

人類の悪性を糧に育ち、最後の魔王を生み出す胎盤を意味する。

〝然様。そして貴様たちが保護した娘《むすめ》は最後の魔王に育つ芽の一つ。人類の全《すべ》てに蔑《ないがし》ろにされたその命たちだけが、人類の全てを対象に復讐《ふくしゅう》する正統な権利を持つ〟

ふざけるなと、声にならない声を上げた。

人類の全てに蔑ろにされた命だから、人類の全てを対象にした復讐権を持つ個人が生まれる。百兆歩譲《ゆず》ってそれは構わない。その個人の言い分は理解してもいい。

だが――そうならない為に、西郷焔は努力してきたのだ。

粒子体《りゅうし》研究に携《たずさ》わると決めた三年前に、最初に口にした言葉。世界の形を変えてしまうような研究に触《ふ》れる時に口にした誓《ちか》いを……今も、鮮明《せんめい》に覚えている。

人類は歴史の中で食糧《しょくりょう》を奪《うば》い合い、実を成す領土を奪い合い、開墾《かいこん》する為の命を奪い合ってきた。現代ではエネルギーを求めて小さな小さな海域を求め奪い合ってさえもいる。

第三永久機関が確立されれば、その長く続いてきた奪い合いに一つの決着が付くのだ。

宇宙開発が可能になれば領土を求める争いも緩和《かんわ》出来るかもしれないのだ。

人類の夢。人類の未来。人類が星の胎盤から取り上げる最後の可能性《こども》。

胎盤から掬《すく》い上げる役は時代ごとに代替《だいが》わりし、偶然《ぐうぜん》にも、西郷焔の手にそのパトスが回ってきた。連綿と続いてきた人類の未来の、その趨勢《すうせい》を託《たく》されたのだ。


「だから――――永久機関の開発に、無辜《むこ》の命が犠牲《ぎせい》になるのは許されない………!!!」


六つ在る紅玉の瞳を睨《にら》み返し、この赤い夢の法則を覆《くつがえ》して声を上げる。

瞳から流れる涙は憤激《ふんげき》であり、犠牲者への憐憫《れんびん》であり、犠牲を防ぐ事の出来なかった、己《おのれ》自身への情けなさから溢《あふ》れたもの。

この魔王が口にする〝絶対悪〟は何時《いつ》か倒《たお》されるという。

だがその芽が目の前に在るのなら、今、この時に倒すべきだ。

紅玉の瞳はその瞳を睨み返し、せせら笑う様に喉《のど》を震わせる。

〝愚《おろ》かな。人類の存続、全人類の命。原罪を前にしながら、貴様は人間の意地《ほこり》を握《にぎ》りしめ、運命に吼《ほ》えるというのか〟

「そうだ。人間には意地がある。その張ってきた意地と誇《ほこ》りが、今の時代を築いたんだ。だから俺は、イザ兄は、〝絶対悪《オマエ》〟の甘言なんかに屈《くつ》しない……‼」

不治の病は、永遠に不治のままなのか？
人跡未踏《じんせきみとう》の地は、永遠に未踏の大地なのか？
答えは〝否《いな》〟だ。

人類史は何時だって不可能と笑われた運命に拳《こぶし》を突き立てて此処《ここ》までやってきた。情熱を失いかけた現代の人間は、その方法を忘れかけているだけなのだ。極限の選択《せんたく》を迫《せま》られた時、極限であることを理由に膝《ひざ》を屈してきたのなら、とっくに人類は滅んでいる。

運命が世界の積量によって生み出されるものならば――その積量に、魂《たましい》の熱量を以《も》って拳を突き立てるだけのこと。

紅《あか》い布地の旗は西郷焔を鷲掴《わしづか》み、爪《つめ》を身に食い込ませながら彼を引き寄せる。

神託を告げた三頭龍は西郷焔の五体を引き千切り、噛《か》み砕いて咀嚼《そしゃく》した。

魔王の五臓六腑《ごぞうろっぷ》に取り込まれる最中《さなか》――三頭龍は、最後の神託を与《あた》える。

〝――星辰《うんめい》は此処に定まった。我が化身《アバター》よ。今こそ我が新たなる御旗《みはた》を背負うがいい〟

終章

Last Embryo

轟々《ごうごう》と吹《ふ》き荒《すさ》ぶ風となったクリシュナは、光を放つ山の麓《ふもと》を見つけてその進行方向を変える。森のざわめきが一層激しくなり獣《けもの》たちはその気配を感じ取り、一目散に逃《に》げだした。如何《どう》やら実験体の娘《むすめ》の素体融解《メルトダウン》が始まったらしいと、クリシュナは思考する。二人が逃げた時点で此処《ここ》までの展開はある種の予定調和であったが問題は此処からだ。実験体の少女が使えないとなると、西郷焔《さいごうほむら》か逆廻十六夜《さかまきいざよい》のいずれかに死んでもらう必要がある。

二人はまだ地獄《じごく》の窯《かま》についての理解が浅い。

必要なのは死体なのだ。

しかしあの様子だと話したとしても納得《なっとく》はすまい。

風の中でクリシュナは激しく舌打ちする。

（二人の何《いず》れかに死んでもらうしかありませんね。となれば、候補は西郷焔か）

逆廻十六夜とパラシュラーマには、行うべき使命がある。

西郷焔は本来、逆廻十六夜のスペアでしかない。逆廻十六夜が箱庭に召喚《しょうかん》される可能性があると判断された段階で、歴史を修正する為《ため》に生み出されたイレギュラー。

此処まで話を拗《こじ》らせた以上、彼の肉体で穴を埋《う》めてもらうのは当然の帰結だろう。

そして逆廻十六夜は代わりに粒子《りゅうし》体研究に携《たずさ》わるようになる。歴史の修正という意味では合理的な展開になったのかもしれない。

口元を獰猛《どうもう》に歪《ゆが》ませて黒い風が走る。光を喰《く》らう魔物《まもの》となったクリシュナは星辰《アストラル》の放つ光めがけて一目散に森を駆《か》け抜《ぬ》ける。

だがその時――――彼の黒い総体をかき乱す様に、光り輝《かがや》く風が吹いた。

「っ…………!!?」

一瞬《いっしゅん》だが黒い風が払《はら》われ、森の木々に陽《ひ》の光が差し込むような美しさで彩《いろど》られた。

極光――――そう喩《たと》えるに相応《ふさわ》しい光景だった。太陽の光よりも煌々《こうこう》と輝き、月の光よりも皓々《こうこう》と眩《まばゆ》い光は、正に星の光に喩えられるに相応しい。

黒い風の最奥《さいおう》に人影《ひとかげ》が映されると、クリシュナは鬼気迫《ききせま》る形相で顔を隠《かく》して再び黒い風を纏《まと》い始める。何が起きたのか把握《はあく》できなかったクリシュナだが、光源となっている場所は把握できている。

一直線に彼は光源である山の麓の小屋を目指した。

山の麓の小屋に辿《たど》り着いたクリシュナは、その場の意外な光景に瞳《ひとみ》を細める。

彼は少女が証拠隠滅《しようこいんめつ》の為に仕込まれた粒子によって命を落とすことを知っていた。十六夜と焔が少女を連れ去った時にそれは確定した未来となる筈《はず》だった。

だが今の彼の前には、健《すこ》やかに寝息《ねいき》を立てる一人の少女と、椅子《いす》に腰《こし》を掛《か》ける少年の姿が確認《かくにん》できた。

「…………」

何が起きたのだと、訝《いぶか》し気に様子を窺《うかが》う。

二人を攫《さら》う絶好の機会だというのに、彼は動けなかった。クリシュナは素体融解による疑似《ぎじ》発光が確認された時から予備の実験体に西郷焔を使うつもりだったのだ。

だが目の前には素体融解を起こすことなく健やかに寝ているアルビノの少女がいる。

（…………不可解だが、まあいいでしょう。未来視は箱庭では正常に働かない場合もある。今回はその偶然《ぐうぜん》が重なっただけのこと）

目の前の二人に黒い風が吹く。素体融解を起こさなかったのは幸いだが、人類を救うのに必要なのは死体なのだ。

黒い風は数多《あまた》の円月輪《チヤクラム》を形成し、木々の陰《かげ》に隠れて二人を取り囲む。

音もなく二人めがけて一斉《いつせい》に発射された円月輪を前に、西郷焔が口を開いた。

「――下らぬ姦計《かんけい》はやめよ、違約の英傑」

明らかに今までと違《ちが》う声のトーン。

風の刃《やいば》は悉《ことごと》く、西郷焔から伸《の》びる影《かげ》によって阻《はば》まれた。

今度はハッキリと驚嘆《きょうたん》を露《あら》わにしたクリシュナに、西郷焔は振《ふ》り返ることなく告げる。

「今の私は気分がいい。多少の敵対行為《こうい》ならば見逃《みのが》してやる。貴様のその真の正体には、我が化身《アバター》も気づいていない。三文劇はこれからが山場だろう？　………だが、これ以上の敵対行為を続けるのであれば、」

言葉を最後まで待つことは無く、クリシュナはその手に黒い風で構築した円月輪を纏わせた。目の前の敵が何者であるかを考慮《こうりょ》するつもりは初めからない。

戦いを始めた以上、彼の心は氷の刃の様に冷徹《れいてつ》になる。

最速の動作で七つの円月輪を投げつけたクリシュナ。それぞれが山を裂《さ》き河を断《た》ち海を別つ力を秘《ひ》めている。

〝アヴァターラ〟第八の化身クリシュナ。

救世主思想の先駆《さきが》けとして大地に下り立った彼は一度世界に姿を現せば、未来を救うその瞬間まで立ち止まることは無い。

西郷焔は首から上だけ振り返り――血を溶《と》かしたような、紅玉の瞳で嗤《わら》った。

「そうか。では死ぬがよい」

三つ首の影が大地を這《は》いより黒き風の円月輪を一斉に噛《か》み砕《くだ》く。形を失った風はさながら大嵐《おおあらし》の様に森を駆け抜けていった。

クリシュナは其処《そこ》で確信する。目の前の怪物《かいぶつ》は西郷焔ではない。

西郷焔の皮を被《かぶ》った何かだ。

そう悟《さと》ったクリシュナは右手に輝く矢を番《つが》え、西郷焔に向かって黒い雷《いかずち》を纏わせる。

アルビノの少女を含《ふく》めた無差別攻撃《こうげき》。喩えこの少年が少女を庇《かば》おうと関係ない。

降り注ぐ数多の輝く矢を前に西郷焔は――

「…………なっ」

――目の前にいた。一足跳《いっそくと》びの要領で踏《ふ》み込んだのは理解できたし、速度が尋常《じんじょう》でないことも十分に理解できた。だが幾《いく》らなんでも異常すぎた。

矢が放たれて僅《わず》か指先ほどの場所で、軽々と摑《つか》まれている。触《ふ》れれば細胞《さいぼう》一つ残さず消滅《しょうめつ》させそうな稲妻《いなずま》を物ともせずに牙《きば》を剝《む》いて嗤っていた。

「っ――貴様、何者だ⁉」

「ハッ！　それは貴様がよく知っているだろう、我が同類よッ!!!」

僅かな混乱が動きを鈍《にぶ》らせる中、紅玉の瞳の焔はその全身から陽炎《かげろう》が漂《ただよ》うほどの熱を放出し始める。

牙を剥いて嗤う西郷焔の影は巨大《きょだい》な三頭龍《りゅう》の影絵となってクリシュナを睨《にら》み付けた。

「相手が違約の英傑《えいけつ》だけなら私は目覚めなかった。敵が〝ウロボロス〟なる魔王《まおう》だけでも私は目覚めなかった。――――だが、貴様がいるなら話は別だ。敗北者となった貴様が新たな依《よ》り代《しろ》を使い恥《はじ》を知らずに舞台《ぶたい》に残っている以上、私も恥を捨てねばなるまいッ!!!」

胸倉《むなぐら》をつかみ、山の麓に向かって投げつける。

大地に激突《げきとつ》しても勢いが衰《おとろ》えないクリシュナは其《そ》のまま七つの山を突《つ》き抜けて第三宇宙速度で吹き飛んでいく。

拳《こぶし》に力を込めた焔は一足飛びで追いつきクリシュナの頭蓋《ずがい》を鷲摑《わしづか》みにした。

山岳《さんがく》の腹を削《けず》る様に擦《こす》り付けて奔《はし》る中、紅玉の瞳の焔は右手に極焔《きょくえん》を集め始める。

その極焔を前に、クリシュナは漸《よう》く命の危機を察した。

（っ…………不味《まず》い…………！　此《こ》れは、〝アストラ〟で応戦せねば…………!!!）

〝アヴァターラ〟として顕現《けんげん》している彼は〝疑似創世図《アナザーコスモロジー》〟を保有していない。カルキが現代に現れた時点でクリシュナは歴史の当事者ではなく過去の偉人《いじん》となった。

故《ゆえ》に救世の〝疑似創世図〟は使えない。新しい時代が控《ひか》えている以上、アレは最後の化身であるカルキのものでなければならない。

「っ――輝け、終末の星《パシュパティ》……!!!」

膨張《ぼうちょう》する霊格《れいかく》。右手に現れる鈍色《にびいろ》の新星。

紅玉の瞳の焰は意外なものを見たように瞳を見開き、同時に牙を剝いて嗤う。

この私を前にして、終末の星とはよくぞ吼《ほ》えたと、獰猛に構えた焰は――右手に集めた終末の極焰、〝覇者の光臨《タワルナフ》〟を解放した。

衝突《しょうとつ》し合う二つの終焉《しゅうえん》極星は雲海を蹴散《けち》らし七つの山頂を消滅させて弾《はじ》け飛んだ。

＊

一方――海辺で膝《ひざ》を突いていたパラシュラーマも、悪戦苦闘《あくせんくとう》していたオルフェウスも、自我を失っていたヘラクレスも、三者三様にその極光の凪に瞳を奪《うば》われた。

山の麓から森を駆け抜けていく輝く凪は瞬《またた》く間に民家を越《こ》え、断崖《だんがい》を越え、海岸を越え、水平線の彼方《かなた》までその光を届かせて消えていく。地上で輝くオーロラが見られる筈もなく、その極光を目にした誰《だれ》もが思考と動きを止めていた。

「……なんじゃ、今の光は」

素体融解が始まろうとしていたパラシュラーマは胸を押さえながらその極光の光源を睨む。だがその致命的《ちめいてき》な隙《すき》を見逃す程《ほど》、容易《たやす》い相手ではない。

「待て、止《や》めろヘラクレスッ!!!」

浜辺《はまべ》を黒い獅子《しし》が駆ける。黒に染まった髪《かみ》を靡《なび》かせて突進《とっしん》するヘラクレスはその手に大陸を裂いたという戦棒を持ってパラシュラーマに襲《おそ》い掛かる。

今まで辛《かろ》うじて捌《さば》いて来たパラシュラーマだったが、この一撃《いちげき》は完全に不意を突かれた。飛び跳《は》ねて逃げようにも流して大地に打ち付けようにも、流石《さすが》に間に合わない。

一か八《ばち》かと構えたその刹那《せつな》――――二人の間に割り込む形で、一筋の光が彼女たちの下《もと》に奔った。

「っ――――!!?」

「おっと、構えるなよ廃滅《はいめつ》者。こう見えて助けに来たんだぞ。大人しくじっとしてろ」

血戦斧を構えて警戒《けいかい》するパラシュラーマ。

だがその守りをすり抜け、逆廻十六夜の右手がその額に触れた。先ほどまで素体融解が始まろうとしていた身体《からだ》の動悸《どうき》が静かに成っていく。

しかし驚《おどろ》いたのはそんなことではない。

「童子………‼? 貴様、今どうやって現れた………⁉」

「企業《きぎょう》秘密。アンタとはまだ決着が付いてないからな。――今は、コッチの相手が先だろ?」

ミシリ、と戦棒を握《にぎ》りしめる。

その視線の先には、自我を奪われているヘラクレスの姿があった。

「――――」

「よう。心ここにあらずって感じだなあ、大英傑《だいえいけつ》。これはもう只《ただ》の傀儡《かいらい》か?」

「そ、そうだ! クリシュナを名乗るあの男は君たちを追っていった! 君の弟さんは大《だい》丈夫《じょうぶ》なのか⁉」

オルフェウスの疑問に片眉《かたまゆ》を歪ませて舌打ちで応《こた》える。明らかに普段《ふだん》の十六夜《いざよい》の返答では無かったが、何か不機嫌《ふきげん》になることでもあったのか。

「……向こうは問題ねえ。それより今はコイツだ。糸を貸せ、オルフェウス!」

追撃《ついげき》の戦棒を避《よ》け、十六夜はオルフェウスから竪琴《たてごと》の糸を掻《か》っ攫った。

糸を解《ほど》いた十六夜は僅かに発光すると同時に、ヘラクレスの背後に回り込む。

(は――速い!)

尋常ではない速さだ。神域の武技を修めたパラシュラーマが、一連の行動に全く反応出来なかった。目で追う事すら出来ないその速度に思わず息を吞《の》む。

しかもそれだけでは終わらない。首に糸を巻き付けた十六夜はそのまま遠心力に任せてヘラクレスを振り回し始めたのだ。

「グッ、ガッ………‼?」

自我を失ったはずのヘラクレスが初めて苦悶《くもん》の声を上げる。それが不断の恩恵《おんけい》の弱点だと思い出したオルフェウスは糸を重ねて絡《から》めて援護《えんご》する。更《さら》に速度を増して回転し始めた十六夜は———箱庭の天幕に向けて、第三宇宙速度で投げ捨てた。

「な、馬鹿《ばか》か⁉ 何で糸を離《はな》した‼! その程度でヘラクレスは、」

「いや———これはイカン、離れるぞッ‼!」

危機を察したパラシュラーマは、十六夜から発する光の波に気が付いて跳び離れる。

十六夜は右手に着けた手袋《てぶくろ》型のB.D.Aを構え、天幕を睨んで猛《たけ》る。

「悪いが、覚えたてでな。加減は出来ない。死ぬんじゃねえぞ、大英傑………‼!」

吼えた直後、十六夜の右腕《みぎうで》に光が収束し始めた。だが〝疑似創星図〟ではない。十六夜の全身から放たれる光が右腕に収束しているのだ。

血中経路に星辰粒子体《せいしんりゅうしたい》が満ち、人体の内外が時間概念《がいねん》から切り離され始める。

その構えは無骨そのもの。三年間苦し紛《まぎ》れに学んだ武術などまるで反映されていない。

しかし廃滅者は理解していた。

次に放たれる一撃は、文字通り必殺の意味を持って繰《く》り出されるだろうことを。

「――〝Override with Another crown〟――!!!」

紡《つむ》がれる鍵《かぎ》となる言葉。限界まで高まる鼓動《こどう》と血潮。

疑似《ぎじ》発光と呼ばれる現象が十六夜を包み込んだ刹那――

――逆廻十六夜は、第六宇宙速度で天幕へと駆《か》け上がった。

*

その夜――二つの激闘《げきとう》と三つの光がアトランティス大陸を包み込んだ。

まだ初日という事もあり、その夜に参加者たちが衝突したのはその二戦のみに抑えられた。他《ほか》の参加者たちはまだ様子見ということなのだろう。

山の麓《ふもと》の小屋に戻《もど》ってきた逆廻十六夜は、小屋の中の人影《ひとかげ》を確認《かくにん》して舌打ちした。

「………よう。そっちの首尾《しゅび》はどうだ?」

「語るほどの事は何もない。〝ウロボロス〟の首領を名乗った男は逃《に》げ去り、私の化身《アバター》は見ての通りこの様だ」

ボロボロの姿で嗤《わら》いを噛み殺す紅玉の瞳《ひとみ》の焰。

だが言動や力を鑑《かんが》みれば、その中身が彼でないことは明白だ。

十六夜は不快感を隠《かく》すことも無く再び舌打ちし、目の前の男を睨む。

「化身《アバター》、ね。まさか焰にテメェの化身の資格があるとは思わなかった。――どういうつもりだ、魔王アジ＝ダカーハ」

右手に嵌《は》められたB.D.Aを構え、十六夜は憤怒《ふんぬ》の表情で一歩前に出る。先ほどはパラシュラーマの危機回避を優先したが、本来なら先に此方《こちら》に取り掛《か》かるところだろう。

アジ＝ダカーハと呼ばれた西郷焰は、クツクツと嗤いを噛み殺しながら慇懃《いんぎん》無礼な態度で寝台《しんだい》に腰《こし》かける。

「どうもこうもない。西郷焰は初めから、私の化身だった。少し考えればわかると思うが？　この化身は、私に成り代わり得る最も近い位置にいたと」

〝絶対悪〟――〝星辰粒子体〟を使い世界を滅《ほろ》ぼす可能性を持つ者。

人類の未来は第三永久機関である〝星辰粒子体〟を得た権力者の暴走によって世界が滅びるのだという のが最終考察だった。しかしその考察に行きついたのは、オルフェウスに話を聞いた時、つまりついさっきだ。

しかもその考察は僅かにずれていた。

「くそ、やられた。権力者の暴走は絶対悪の一つだが、世界を滅ぼすのは権力者じゃない。それは最後の引き金なんだ。絶対悪は当事者じゃなく、只の加害者だったんだ」

「そう。人類の文明。人類の進化。人類が生存を進めていく中、その軌跡《きせき》の中で必然的に零《こぼ》れ落ちてしまった命。その嘆《なげ》きによって育《はぐく》まれた者こそが〝絶対悪〟の申し子となる」

少し考えればわかることだ。

人類が人類を滅ぼす理由は、端的《たんてき》に言って三つしかない。

何故《なぜ》なら人類が人類を滅ぼす以上〝実行犯は戦いの結果として、人類に見返りを求めない〟存在でなければならない。つまり、権力者は該当しないのだ。

考えられる可能性は三つ。

一つ目は〝意図せぬ自滅《じめつ》〟。

二つ目は〝同じ人類である己《おのれ》の破滅をも賭《と》した究極の献身《けんしん》〟。

三つ目は――〝己の破滅をも内包した、人類への復讐《ふくしゅう》〟だ。

「故に世界を滅ぼす申し子は〝人類の全《すべ》てに復讐する権利を持つ者〟となる。――そういう意味では、西郷焔は最《もっと》も加害者に近く、同時に被害者《ひがいしゃ》でもあった。この未熟者が抱《かか》えていた理想は、人類の原罪の前に余りにも貧弱すぎたからな」

故に愉《たの》しくて堪《たま》らないと牙《きば》を剝《む》くアジ＝ダカーハに、十六夜は今度こそ怒《いか》りの視線を向けた。

「……魔王《まおう》。お前は焔が刻んできた軌跡を、嘲笑《あざわら》うのか？」

「まさか。心の底から愉しんでいるが、嘲笑っているわけではない。誤解があったなら詫《わ》びよう、我が勇者よ」

笑《え》みを消し、腕を組むアジ＝ダカーハ。

だがその紅玉の瞳は、未《いま》だに愉しさを抑えきれずに微笑《ほほえ》んでいる。

「我が勇者よ。私は本来なら、西郷焔が人類を滅ぼそうと覚悟《かくご》を決めた時にのみ顕現《けんげん》するはずだった。故にお前たち二人の覚悟が白皮症黒人の救済の方向に決まった時点で、私の霊格は西郷焔から完全に消滅《しょうめつ》するはずだったのだ」

「……ふぅん？　つまりイレギュラーが起きた、と？」

怪訝《けげん》な十六夜の瞳に対し、完全に笑みを消して魔王が頷《うなず》く。

「そう。今回の儀《ぎ》を以《も》って、人類の未来は〝救済〟の方向に完全に固まった。後は太陽の主権戦争を残すのみとなったが……如何《どう》やら、それに異を唱える輩《やから》がいるらしい」

ヒュゥ、と不吉《ふきつ》な風が二人の間を過ぎ去る。

不快感をあらわにした魔王は舌打ちと共に窓から天を見上げた。

「……退廃《たいはい》の風が、吹《ふ》き始めた」

「退廃の風？　最強の神殺しとかいうアレか？」

「そうだ。お前たちが〝退廃の風《エンド・エンプティネス》〟と呼ぶ怪物《かいぶつ》。無貌の魔王。アレが依《よ》り代《しろ》を得て別の形で現れようとしている。――本来なら絶対に在り得ないはずの事だ。そのような未来は、何処《どこ》にもなかったはずだ。今の私は歴史の修正者とでも思えばいい」

在る筈《はず》の無かった未来が現れようとしている。

三つ首の影《かげ》を躍《おど》らせて怒る魔王は、風を掴《つか》む様に拳《こぶし》を握りしめた。

「我が勇者よ。私が恥《はじ》を忍《しの》んでこの未熟者に力を貸した理由は二つある。一つは当然、その無粋《ぶすい》な魔王を速《すみ》やかに処すこと。そしてもう一つは――〝絶対悪〟に挑《いど》んだ、全ての勇者の魂《たましい》を、未来に送り届ける為《ため》だ」

「…………」

魔王との全ての戦いには、確かな意味があった。

魔王の前で散った全ての犠牲《ぎせい》には、全て価値があった。

其《そ》れを証明する為には、連綿と続いてきた人類史を道半ばで終わらせるわけには往《い》かないのだ。

だが当事者である十六夜は勇者と称《たた》えられ、不快そうに頭を掻《か》く。

「……ふん。そりゃ何とも痛快な話だが、こちとら生憎《あいにく》とアトランティス大陸の謎解《なぞと》きの真っ最中でね。そっちに割《さ》く暇《ひま》がどれだけあるやら」

「愚問《ぐもん》だな。アトランティス大陸と〝星の巨釜《おおがま》〟に明確な共通点があることには、既《すで》に気が付いているのだろう？　ギリシャの地中海に眠《ねむ》る巨釜を知っていればすぐに推測できることだ」

ぐぬ、と言葉を飲む。肉体は西郷焔だが、流石《さすが》に中身は大魔王だ。誤魔化《ごまか》したところで意味が無いらしい。

「……逆廻十六夜。〝絶対悪〟を打ち倒《たお》した我が勇者よ。お前には、その責務がある。闇を欺き、運命の魔の手を掻《か》い潜《くぐ》り——星の光より速く、未来に到達《とうたつ》する義務が」

「っ………‼」

その為の力がソレだと、十六夜の右腕を指す。

人体を疑似粒子《りゅうし》化させることによる光速運動。

魔王アジ＝ダカーハが魂の力で引き出した最後の秘技。

「逆廻十六夜よ。退廃の風が吹き荒《あ》れる前に、この大陸の謎を暴《あば》け。他の誰《だれ》かではない。——お前が〝偏見《へんけん》無き瞳〟を持つ者だと、私は信じている」

「っ………待てテメェ………‼」

ふっと、西郷焔は意識を失って倒れた。その身体《からだ》に今までの様な威圧感《いあつかん》は無い。魔王はこの身体を化身である焔に返したのだろう。

「くそ、言いたいことだけ言いやがって……俺にだって言い分くらいあるってのに……!!!」

三頭龍《りゅう》には言ってやりたい文句が山の様にあった。なのに自分だけ言いたいことを言って、さっさと眠りについてしまった。

歯噛《はが》みしながら天を睨《にら》む。だが戦いに挑む理由が増えた。

太陽の主権戦争――この謎に挑むことは、人類の未来と無関係ではない。それはつまり全てが繋《つな》がっているということ。

ならばあの三頭龍の影を掴むことも不可能ではない筈だ。

今は踊《おど》らされてやってもいい。だが踊らされるだけで終わるつもりは無いと、逆廻十六夜は、運命の闇を睨むように星空を見上げ続けるのだった。

あとがき

〝閉鎖世界〟は否決された。
〝絶対悪〟は善性に敗北した。
そして最後の試練——無貌の魔王、人類退廃の時代がやってきた。

＊

天が呼ぶッ!!!　地が呼ぶッ!!!　人が呼ぶッ!!!
早く刊行しろと人は言う！　主に編集者が言うッ!!!
約十か月ぶりの新刊、此処《ここ》に降臨ッッ!!!

いやもう本当に難産だった！　途中《とちゅう》で全改稿《かいこう》が二回ほどあったせいでギリギリのスケジュールになってしまいましたが、相変わらず速筆且《か》つ高クオリティのイラストを上げてくださるももこ先生には感謝の念しかございません。

台湾でのサイン会やヨーロッパ旅行、水上都市ヴェネチア、ローマ教皇庁のあるバチカン、火山噴火《ふんか》で沈《しず》んだ街ポンペイなど行きつつ次の巻に備えております。

第一部の頃《ころ》から一番大きな謎《なぞ》だった『この作品の人類はどの様な理由で滅《ほろ》びを迎《むか》えるのか？』の謎ですが……楽しんでいただけたでしょうか？

此処に至るまでに推理する為《ため》のありとあらゆる要素を撒《ま》いたつもりではありますが、まあラノベにそんな綿密なもん求めてねえ、という方も沢山《たくさん》いると思うので、次回は可愛《かわい》い女の子にキャッキャウフフさせたい竜ノ湖《たつのこ》です。青い空、青い海で戯《たわむ》れるももこさんの描《えが》く可愛い女の子キャラとかそういうのそろそろ欲しいですよね。俺は欲しい。

〝アトランティス大陸〟編が終わるまでは、次回からガッツリ箱庭のお話となります。ミノタウロス伝承の謎、クリシュナ神を名乗る敵、そして〝ウロボロス〟を名乗る敵たちの真の目的とは！　……このうち三つくらいは攻略《こうりゃく》出来るはず。

とはいえ、此《こ》のままだと世界観とか摑《つか》みにくいですよね。

前回も書きましたが、やはりこのシリーズを全《すべ》て表現して読者にも楽しんでもらうには〝最初に提示されるべきだった世界〟を書かなくては駄目《だめ》だと編集さんと相談しました。

人類退廃の時代。その象徴《しょうちょう》たる魔王。

「問題児シリーズ」が立ち上がる前の作品から引き継《つ》がれた概念《がいねん》であり、別作品にて一番最初に作られた神殺しの魔王。本来なら一番初めに提示される筈《はず》だった物語。

其《そ》れに触《ふ》れる内容があとがきの更《さら》に後に書かれているので、是非《ぜひ》確認してください。

今年は頑張《がんば》って全四冊……いや、三冊……？　は出せたらいいなと考えてますので、お付き合いいただけたら嬉《うれ》しいです。

それではまた次回、もしくはネット掲載《けいさい》でお会いしましょう！

竜ノ湖太郎《たつのこたろう》

そして
人類退廃の
illustration by TOKYO GENSO.

時代が
やってきた
竜ノ湖太郎新プロジェクト始動

ラストエンブリオ 4
王《おう》の帰還《きかん》

著　竜ノ湖太郎《たつのこたろう》

角川スニーカー文庫　20225

2017年4月1日　初版発行

発行者　三坂泰二

発　行　株式会社KADOKAWA
〒102-8177 東京都千代田区富士見2-13-3
電話　0570-002-301（カスタマーサポート・ナビダイヤル）
受付時間　9:00～17:00（土日 祝日 年末年始を除く）
http://www.kadokawa.co.jp/

印刷所　旭印刷株式会社
製本所　株式会社ビルディング・ブックセンター

Printed in Japan　ISBN 978-4-04-104715-6　C0193

★ご意見、ご感想をお送りください★
〒102-8078 東京都千代田区富士見 1-8-19
株式会社KADOKAWA　角川スニーカー文庫編集部気付
「竜ノ湖太郎」先生
「ももこ」先生

角川文庫発刊に際して

角川源義

第二次世界大戦の敗北は、軍事力の敗北であった以上に、私たちの若い文化力の敗退であった。私たちの文化が戦争に対して如何に無力であり、単なるあだ花に過ぎなかったかを、私たちは身を以て体験し痛感した。西洋近代文化の摂取にとって、明治以後八十年の歳月は決して短かすぎたとは言えない。にもかかわらず、近代文化の伝統を確立し、自由な批判と柔軟な良識に富む文化層として自らを形成することに私たちは失敗して来た。そしてこれは、各層への文化の普及滲透を任務とする出版人の責任でもあった。

一九四五年以来、私たちは再び振出しに戻り、第一歩から踏み出すことを余儀なくされた。これは大きな不幸ではあるが、反面、これまでの混沌・未熟・歪曲の中にあった我が国の文化に秩序と確たる基礎を齎らすためには絶好の機会でもある。角川書店は、このような祖国の文化的危機にあたり、微力をも顧みず再建の礎石たるべき抱負と決意とをもって出発したが、ここに創立以来の念願を果すべく角川文庫を発刊する。これまで刊行されたあらゆる全集叢書文庫類の長所と短所とを検討し、古今東西の不朽の典籍を、良心的編集のもとに、廉価に、そして書架にふさわしい美本として、多くのひとびとに提供しようとする。しかし私たちは徒らに百科全書的な知識のジレッタントを作ることを目的とせず、あくまで祖国の文化に秩序と再建への道を示し、この文庫を角川書店の栄ある事業として、今後永久に継続発展せしめ、学芸と教養との殿堂として大成せんことを期したい。多くの読書子の愛情ある忠言と支持とによって、この希望と抱負とを完遂せしめられんことを願う。

一九四九年五月三日